EL LEGADO DE LOS MONSTRUOS

Historias de Ayer, Hoy y Mañana
(Edición Compacta)

REY MAYA

Casa Rei

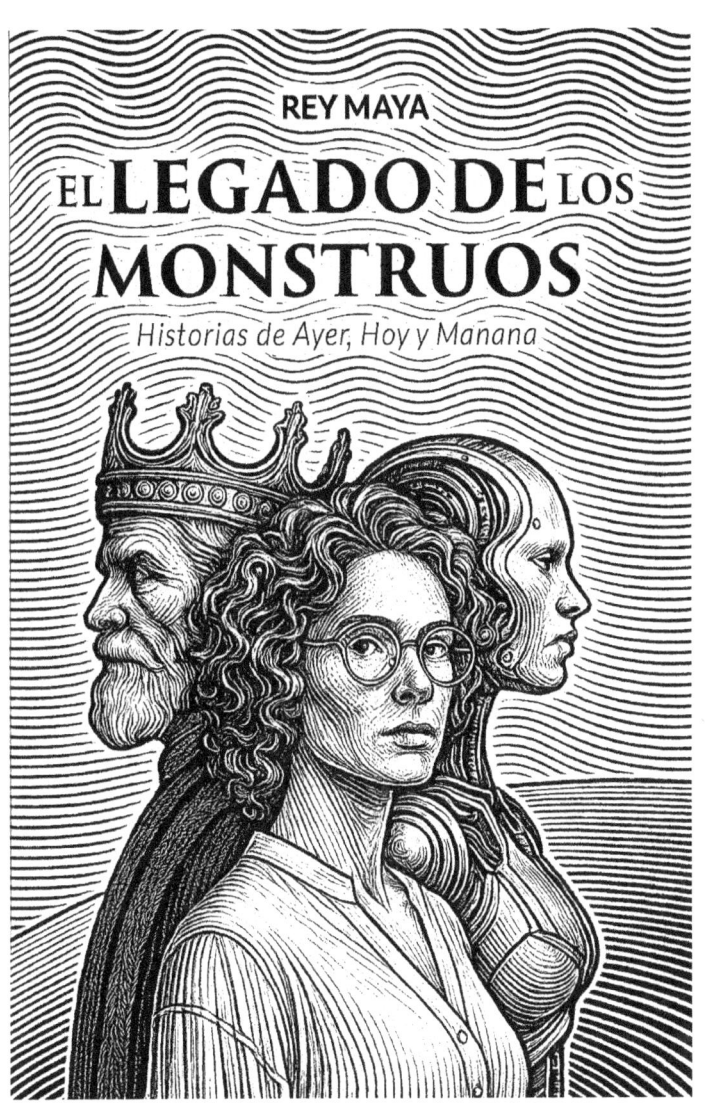

REY MAYA

EL LEGADO DE LOS

MONSTRUOS

Historias de Ayer, Hoy y Mañana

A ti, que te atreves a probar un café de lejanas cosechas: Que su sabor te inspire a buscar la raíz de tu propia paz. Y a cuidarla. — RM.

CONTENIDO

PREFACIO

Escribí estas historias porque no tengo miedo. No son cuentos de terror clásico ni ficción forzada sobre seres míticos que rugen en la oscuridad.

Aquí no hay dragones, ni ogros, ni vampiros. No encontrarás zombis. No hay fantasmas. Los monstruos de mi libro son otros, más cercanos, más terribles. Son los que hablan con calma, los que sonríen en la sobremesa, los que se justifican en nombre del deber o del amor. Son los monstruos que tejen sus redes con las hebras de una fina e impecable lógica y que devoran con razones.

He aprendido a verlos a través de sus efectos. Están en todas partes, aunque se mimetizan en la cotidianidad, tras la costumbre, la normalidad y el progreso.

Se esconden entre nosotros porque, aunque parezcan feroces, le tienen un pánico profundo a la bondad y a la verdad.

Tiemblan ante el valor que puede tener un solo ser humano para enfrentarlos. Le temen a la pluma que los nombra, al ojo que los reconoce, a la voz que se niega a callar.

Esta obra es un intento de amputarle sus garras, una suerte de bestiario de los monstruos que caminan a nuestro lado o con nuestros propios pies, y que dejan huellas muy hondas y dolorosas.

Los he cazado en el pasado, los bajé de sus tronos. Los atrapé en el presente, en la frialdad de los sistemas, los saqué de los hogares y hasta de la basura.

He intentado vislumbrar sus sombras en el futuro que nos aguarda, donde, sin dudas, habitarán también.

Pero sé que no están todos; no podrían estarlo. Hay muchos otros monstruos que no pude contener en estas páginas. Algunos, porque son demasiado perspicaces, demasiado hábiles para escabullirse entre las grietas de un verso. Otros, porque no salen mucho. Siguen ocultos, agazapados en el silencio cómplice, en los rincones que aún no he podido iluminar, hasta que llegue el momento. Mi próxima cacería.

Porque los monstruos, los verdaderos, siempre están ahí. Son los mismos de siempre. Y esta es solo una parte de su historia. Un parco recuento de su devastación.

Por eso, ahora te invito a ti. Te invito a quedarte, a dejarte sorprender y atrapar por estos relatos que quizás te hagan reír, pero también llorar. Te invito a usar estas páginas como un recurso para encontrar las herramientas y pasarles la factura a tus propios monstruos. Y sobre todo, te invito a gritar. No de espanto por la maldad que aquí se revela, sino con la voz firme de quien se niega a seguir en silencio. A gritar para delatarlos, para nombrarlos, para aniquilarlos... antes de que ellos, con su calma y sus razones impecables, lo hagan contigo.

Considera este libro una pequeña herramienta más para ese camino que, sin saberlo, quizás has comenzado a recorrer.

SOBRE LA EDICIÓN COMPACTA

Lector,
Tienes en tus manos una versión especial
de *EL LEGADO DE LOS MONSTRUOS*.

Esta edición presenta la obra completa, pero
reconfigurada en un formato de prosa continua.
Su propósito es ofrecer una estructura narrativa
más directa y envolvente, pensada tanto para
nuevos lectores como para quienes deseen
redescubrir estas historias bajo una luz distinta.

Considera estas páginas un camino sin desvíos
para reconocer a los monstruos: un mapa nítido
para seguir sus huellas sin distracción.

Que te sea útil en tu cacería.

AYER

ecos de reinos olvidados

EL FILO DE LA VERDAD

Algunos escriben para gobernar.
Otros gobiernan para que no se escriba.
Pero hay plumas que no sirven a ninguno.

El Rey gobernaba sin oposición ni crítica desde lo alto de un trono dorado, rodeado de murallas altas y palabras bajas. Nadie lo desafiaba. Nadie lo cuestionaba. Nadie lo describía sin su permiso. Se decía que su gobierno traía orden, pero ese orden se sostenía en el miedo, la obediencia y el hambre. Los mercados estaban vacíos, los estómagos más. Y, sin embargo, en los muros del palacio colgaban retratos que mostraban sonrisas abundantes y pan en todas las mesas. Retratos dibujados por palabras, palabras escritas por uno solo: el escribano real.

Ese hombre, durante años, había convertido los silencios del pueblo en discursos del Rey. Pero un día murió.

El Rey, más inquieto por la vacante que entristecido por la pérdida, convocó a todos los escribanos del Reino. Debía renombrar a quien había sido su voz oficial, su escudo de tinta. El requisito era simple: cada aspirante debía escribir un texto, un facsímil de su reinado. Todos debían usar la misma pluma: la del fallecido.

El mayordomo ofreció al Rey una caja estrecha de madera oscura donde reposaba la pluma. Era de un negro opaco, ligeramente azulado, como las alas de ciertos cuervos al sol. Larga y curva, con el cálamo firme y afilado, rematado en una delgada punta metálica que destellaba apenas, como si alguna vez hubiera sido oro. Su sola presencia imponía un extraño respeto. No pesaba más que el aire, pero al empuñarla se sentía como si llevara dentro la memoria de todo lo que alguna vez había escrito. El mayordomo acompañó la entrega con una instrucción escueta:

—Es lo que él pidió.

El monarca no cuestionó la decisión del otrora moribundo, pues había sido un hombre sabio que le había permitido perpetuar su poder con discursos elocuentes e irrefutables. Al final, el veredicto sería solo suyo.

Durante días llegaron escritos de todas partes, muchos eran parecidos, plagados de fórmulas y frases repetidas. Pero dos textos sobresalieron, no por su belleza, sino por lo opuesto de sus miradas. El Rey, intrigado y satisfecho, ordenó que se leyeran ante toda la corte.

Primero el más ornamental: «En este Reino nadie sufre necesidad, bajo la mirada incansable de Su Majestad. La disciplina y el orden son el cimiento de nuestra prosperidad. Los ciudadanos caminan seguros, sin temor ni dudas, porque el pensamiento es uno, claro y firme. Todo cuanto tenemos lo debemos al brazo fuerte que nos guía. No hay voces que dividan, ni gestos que confundan: hay unidad. ¡Que viva la estabilidad! ¡Que viva la voluntad del Rey!».

Hubo aplausos, una lluvia de ovaciones. El Rey asintió complacido. Luego se leyó el segundo texto: «En este Reino el hambre no solo se sirve en el plato: está en la voz que no se puede alzar. Falta pan... pero falta más aún el derecho a decir que falta. Se exige orden, pero lo que hay es miedo. La gente no piensa en voz alta, ni sueña. Solo repite. Solo sobrevive. El Rey quiere siervos, no ciudadanos. Y así nadie se atreve a escribir lo que siente. Hasta hoy».

La sala quedó congelada en un silencio que no era respeto, sino vértigo. Fue entonces cuando el mayordomo se adelantó con paso firme y extendió un pergamino sellado.

—Majestad —dijo—, el escribano me pidió que le entregara esto tras este preciso momento.

El Rey, sin entender del todo, rompió el sello y leyó en voz alta: «Esta pluma no sirve al Rey. Sirve a la verdad. Quien la tome, no escribirá lo que desea... sino lo que lleva dentro. A veces dirá lo que el poder quiere escuchar. A veces, lo que más teme oír. Pero nunca mentirá. Porque escribir con esta pluma es escribir sin máscara».

El Rey descendió del estrado y caminó hasta el centro del salón, donde la pluma reposaba sobre un atril. Observó a los dos finalistas: uno sostenía la mirada, el otro no sabía dónde ponerla. Entonces habló:

—Ambos escribieron con ella. Y ambos develaron la verdad. La verdad del que susurra cuando sirve con miedo, y la verdad que un hombre grita cuando ya no puede seguir callando. —Tomó la pluma con lentitud—. A partir de hoy, este Reino tendrá dos escribanos. Uno para contar la historia del Rey... y otro, para contársela solo a él.

Desde entonces, cada decreto fue escrito con dos voces: la del poder y la del alma que aún se atrevía a escribir con las manos temblando. Porque un tirano puede gobernar con el silencio, pero jamás sobrevivirá a la verdad.

El poder teme al filo de la verdad. Pero más aún, al peso de una pluma que escribe sin permiso.

A LA MEDIDA DEL REY

El que obedece no se equivoca
para un poder equivocado.

Allí, donde todo se tejía con el hilo de la costumbre y de la voluntad real, el Rey ordenó un nuevo traje ceremonial. No era por vanidad... O sí. Quería lucirlo durante las solemnes nupcias del príncipe con su prometida. Había que estar impecable. Radiante. Propio de un Rey.

El sastre real, de manos curtidas y silencios largos, tomó medidas con esmero, seleccionó las telas más finas del ropero ancestral y se dedicó durante días a confeccionar una prenda digna de la corona.

En la víspera del evento, el Rey se entalló su atuendo frente a los espejos altos del Salón Octagonal. Fue entonces que notó el detalle: la manga derecha colgaba más que la izquierda. Solo unos dedos, pero lo suficiente como para activar una alarma. "¿Tengo un brazo más largo que el otro?", margulló en sus adentros, extrayendo ideas del fondo de esta traición. Ordenó la presencia inmediata del Médico Real.

El galeno llegó con su maletín de cuero, su andar cuidadoso y su voz de charol entrenada para no contrariar. El Rey extendió los brazos con firmeza y dijo:

—Observe. Mírelo bien. —El doctor inspeccionó con la seriedad que requería el caso. Tomó ambos brazos, los comparó, auscultó por aquí y por allá, y los acarició con dedos sabios. Después de un silencio más largo que un parte reservado, miró al sastre unos segundos y, volviendo los ojos al soberano, dijo:

—Majestad... sus brazos son perfectamente iguales.

—¿Y esta diferencia en las mangas? —preguntó el Rey. El físico suspiró.

—Con licencia, Alteza... usted no necesita un médico. Necesita un nuevo sastre.

El Rey bajó lentamente los brazos y el salón quedó en silencio, solo se escuchaba el tic-tac del reloj de péndulo como el redoblante de un verdugo. El sastre bajó la mirada.

—El corte es exacto, Majestad —repuso con temblor—, según las medidas.

—¿Y si las medidas estaban equivocadas? —dijo el Rey. El sastre no respondió, solo inclinó la cabeza y tragó en seco.

Desde entonces, el Rey no mandó a corregir el traje; corrigió su postura. Aprendió a caminar con un brazo discretamente encogido y mandó ajustar los retratos para que el lado más largo quedara siempre escondido tras el manto. Encargó nuevos trajes, todos con la misma asimetría, y pronto, toda la corte empezó a imitarlo. Porque en ese Reino, nadie corregía al Rey. Era el Rey quien corregía al espejo.

LA NODRIZA

Quien quita al pobre su pan,
termina mendigando su misericordia.

En la lejana Región del Sur, bien apartado de palacio, los campesinos rascaban la tierra con sus propias uñas. Era suelo infértil, áspero y seco; amén del afluente que atravesaba el país, pero que en esa tierra olvidada fenecía en enjutos riachuelos.

Allí, donde no parecía llegar la justicia, vivía una mujer. Pobre y sola. Su choza era lo único que le quedaba en pie después de haberlo perdido todo: su hijo, su vaca, su cabra, el agua de su pozo y hasta las gallinas, tras el sinuoso embate de un águila. La tierra que poseía no daba más que maleza.

Un día, mientras recogía leña cerca del río, vio a una serpiente atrapada entre las garras del águila, aquella que tanto había perseguido con rabia. La reconocía bien, tenía un ala herida con una pluma blanca e irreverente que se asomaba sobre el resto y volaba de forma asimétrica, como una maldición persistente. No podía perder la oportunidad de cobrar venganza, pues aquella ave le había arrebatado su único sustento. Lanzó su garrote y atinó como hábil arquera, logrando neutralizar a la rapaz y liberando, sin deliberar, a la serpiente, la cual cayó entre la hojarasca y se arrastró hasta desaparecer.

Al llegar a casa, estaba allí… la vaca. En el patio. Atada al almendro que ya ni sombra daba. Donde siempre, como si hubiera retrocedido en el tiempo. Esta vez parecía más gorda y sus ubres rebosaban. Su leche era densa, blanca como la nieve y de un sabor que ni la miel lograba imitar. Esa vaca le devolvió el aliento y la compañía. Vendía e intercambiaba leche, y con el resto hacía queso que alimentaba a medio pueblo. A la gente le parecía cosa de magia, y quizá lo era, pues a pesar de que la tierra solo producía abrojos, la vaca siempre lucía un aspecto saludable y su leche era exquisita y abundante.

La Reina tuvo un hijo y necesitaba leche que no podía producir. Las nodrizas se secaron, como todo lo que antes era fértil. La noticia de la vaca llegó al castillo. Se decía que la leche de esta vaca curaba el insomnio, que devolvía el apetito y que fortalecía los huesos. El Rey, un hombre poseído y poseedor de toda clase de riquezas, no podía perder tal oportunidad.

—Traigan al animal —ordenó. Y confiscó la vaca. Pero la leche se amargó, la vaca se secó y murió.

Pasó el tiempo y aún quedaba queso en la mesa de aquella pobre mujer. Una mañana, justo donde antes estuvo la vaca, apareció la cabra, algo flaca, pero con la misma mirada plateada.

La mujer volvió a tener leche y otra vez los campesinos vinieron a su puerta. El Reino, que había puesto sus ojos en aquel pueblo, se enteró y mandó a confiscar también la cabra. Y como antes... se secó.

Entonces, una madrugada, la mujer escuchó un murmullo en el viejo pozo. Al acercarse al brocal, vio espuma blanca. Sacó un cubo. Era leche.

—El seno de la tierra nos amamanta —vociferaban todos, y el eco de sus voces se expandió hacia el trono. El Rey lo decretó: declaró todo el lugar como propiedad del Reino y echó a la mujer, quien, despojada de todo, comenzó a mendigar, sostenida por la caridad de la gente agradecida. No tardó la noria en extinguirse y ofrecer solo polvo.

Parecía que todo aquel lugar estaba maldito. Los ríos se agotaban, la tierra se agrietaba, los pechos estaban flácidos y huecos. La muerte cabalgaba sin riendas por las calles y en los corredores de palacio. Se decía que la Reina fue mordida por una serpiente que apareció entre las sábanas y murió antes del alba. El pequeño Príncipe quedó huérfano de madre y de leche. Las nodrizas, una tras otra, fracasaban. En todo el Reino las madres dejaron de lactar y los bebés enfermaban y morían. Aquella noche, el Rey no pudo conciliar el sueño. Cuando al fin se rindió al cansancio, soñó con su esposa. Pero no era la Reina que había amado; era una figura oscura, transformada. Su rostro estaba desencajado y de la base del torso brotaba una cola escamada que se alzaba como un látigo amenazante. Solo pudo mirar, hipnotizado por aquellos ojos malévolos, mientras el espectro se acercaba lentamente. Y entonces oyó el siseo de su lengua bífida, dibujando en el aire la sentencia: "Busca a la mujer. La leche de su vaca, de su cabra y de su pozo no es más dulce que la de sus pechos".

El Rey despertó de golpe, helado hasta los huesos, y entendió que la abundancia puede conquistarse, pero solo por quien primero la merece. La mandó llamar, no para confiscarle un bien, sino como una invitación silenciosa y solemne al pan que una vez le quitó, al techo que le despojó. Le ofreció hospedaje en palacio, un nuevo techo, una nueva palabra: tutora. A pesar de ello, seguía hechizado, movido por el interés de mantener el Reino o por aquella hipnotizante revelación. Le ofreció a la mujer el reto y compromiso de amamantar al Príncipe, que ya se había tornado amarillo, y sostener su vida con la suya.

Ella aceptó. No tenía nada más que perder. Sus pechos se habían inflamado con solo rebasar los dinteles. Apenas el niño tocó su piel, manó la vida, brotó la leche a borbotones. El niño se prendió con fuerza y cerró los ojos en paz.

Pasó un año. El niño creció fuerte, pero no perdió ese color característico en su piel ni en sus ojos. Y cuando por fin aprendió a decir "madre", sus ojos ambarinos no buscaron la corona, sino a ella. Las madres recuperaron su leche, los ríos su agua, la tierra reverdeció. Y la mujer volvió a ser madre de un niño y de un Reino.

CARDAMOMO NEGRO

El que agacha la cabeza...
Dios se la corona.

La noche previa al día de gracia, la cocina del palacio olía a gloria y a duelo. La tristeza reciente por la muerte del Rey no aguó la fiesta, pero sí especiaba los rostros. El cocinero principal, un hombre de hábitos antiguos y manos litúrgicas, se movía entre ollas y braseros con la destreza de un alquimista. Daba órdenes con voz firme, probaba cada platillo con una precisión casi sacerdotal y tenía por costumbre rezar una breve oración en latín antes de emplatar.

La Cena del Cetro era un rito tradicional al que acudían nobles de los cuatro rincones. Esa noche se ofrecieron corderos al vino, peras cocidas con miel y clavo, panes trenzados con romero, crema de almendras y una selección de quesos curados. El toque final era una infusión templada de especias imperiales, entre ellas, el cardamomo negro.

Pocos conocían el origen de aquel prolijo cocinero. La historia que se contaba era que los monjes del Monasterio Domus Dei, una mañana de neblina, divisaron una cubeta de pozo flotando corriente abajo con un niño dentro, un nuevo Moisés. Lo criaron como un fraile más, enseñándole latín, oratoria, escritura y el arte culinario de los monjes, con todas sus recetas secretas. Aunque era bueno en todo, no era su vocación. Antes de recibir la tonsura, el Abad lo llamó en privado y lo liberó del voto con una bendición. Reconociendo sus dones como cocinero, le facilitó una recomendación para el palacio real, y así entró por la puerta de las cocinas, con la frente en alto y el cucharón presto.

Amanecía y los heraldos cabalgaban por los caminos gritando el anuncio:

—¡Coronación en las Tercias!

El Arzobispo ciego aguardaba en el presbiterio de la catedral, con su mitra blanquiajada y sus manos firmes en la corona dorada. Los cánticos flotaban entre los frescos y las columnas mientras el incienso subía como una oración encarnada. Los nobles ocupaban sus sitiales con porte y elegancia, y los plebeyos, apiñados y expectantes, aguardaban la procesión de entrada.

—Acérquese el que va a ser coronado —dijo el clérigo. Y el Príncipe amarillo avanzó con cadencia y solemnidad.

A esas mismas horas, en la cocina, el cocinero no daba abasto con el banquete de celebración. Al ir por las especias vio algo que le heló los huesos: una serpiente aferrada al frasco del cardamomo negro.

Recordó a la Reina, muerta por mordedura de serpiente, y una máxima grabada en la madera del refectorio del monasterio: "*Ubi serpens cenat, vita periclitatur*" (Donde cena la serpiente, peligra la vida). Se santiguó y salió corriendo.

Nadie esperaba verle aparecer irrumpiendo en el recinto sagrado, sudoroso y cubierto de harina y cebo. Los monjes aventuraron lo peor. El Abad abrió la boca, pero no emitió palabra. Los nobles se sobresaltaron y el Príncipe amarillo se detuvo congelado unos pasos atrás, pareciendo cambiar de color. El cocinero, jadeante y sin frenos, resbaló en las losas y cayó de rodillas, inclinado, como buscando perdón.

El Arzobispo ciego escuchó los pasos y sintió la presencia. Bajó la corona, encajándola en la cabeza del cocinero. En ese instante, los vitrales estallaron de luz y un trueno sin sonido partió el aire. El que daban por Príncipe soltó un alarido. Todos abrieron los ojos y no vieron más que un Rey. El cocinero los cerró y aceptó el peso de la corona. El Arzobispo no vio... sólo coronó al que debía ser coronado.

CRUZ Y PIRA

El fuego que no se extingue,
tampoco distingue.

¿Cómo reconocer a una bruja? El Reino estaba plagado de ellas. Mujeres que se reunían a solas para conversar, que no parían, que miraban a los hombres directo a los ojos, que preparaban ungüentos con hierbas y caminaban solas de noche. Mujeres que se atrevían a hablar de sus sueños, sabían leer y escribir, y ayudaban a otras a parir sin la bendición de la Iglesia. El Reino estaba infestado de ellas, y como no podían quemarles la libertad, incendiaban sus cuerpos.

Una vez al mes se encendía la pira en la plaza mayor. El humo subía, los cánticos sonaban, y el pueblo, temeroso de parecer cómplice, aplaudía cada sentencia. El Arzobispo, tan alto y enjuto como el báculo al que se asía, tenía ojos de halcón y mirada de juez. Decía distinguir el alma por la forma del rostro, y nadie se atrevía a contrariarlo.

Pero no todas las hogueras ardían en la plaza; algunas lo hacían en callejones silenciosos, en viviendas aseguradas, o en los susurros que escapaban hasta los tapices del castillo.

Aquel mes, un rumor inquietante comenzó a circular, un escándalo que rozaba el trono: el nacimiento de un niño ilegítimo, fruto del romance entre el Príncipe heredero y una campesina del sur. El Arzobispo, que en el fondo sabía que la sangre es más difícil de esconder que el pecado, no dudó y resolvió él mismo el asunto "con prudencia". Pronto, bandidos encapuchados cayeron sobre la mujer y le arrebataron al niño. No lo mataron, pero le hicieron creer que sí, dejando su lienzo ensangrentado con sangre de gallina bajo el almendro seco de su patio. Bastó para romperle el alma a la campesina pobre, que ahora era madre de un hijo muerto al que nunca pudo sepultar. El niño fue entregado al Arzobispo, quien por su propia gestión lo confió al resguardo del monasterio Domus Dei.

—Que sea criado en silencio —ordenó—, que aprenda y que no se sepa. Y así, encerró su falta en una celda sin barrotes: la celda del olvido.

Los años pasaron. El Príncipe ascendió al trono tras la muerte de su padre, y con él, su esposa, una mujer que hablaba con dulzura, de gestos suaves y ojos de ceniza. Tal vez princesa, tal vez no. Su encanto obnubiló los ojos y las mentes de todos, también los del viejo Arzobispo, a quien sin temblar entronizó el destino del Reino.

Las hogueras no cesaban. El fervor purificador se multiplicaba, y condenaban mujeres por andar descalzas, por soltarse el cabello, por parir sin dolor, por tener la menstruación con luna llena, o simplemente por negarse a bajar la mirada. Ese año, una comadrona fue llevada al tribunal. Sabía de hierbas y de partos y había salvado a muchas mujeres pobres, pero el poder no perdona a quien gana prestigio sin la venia divina. La joven fue declarada bruja y condenada a arder como las anteriores.

La plaza estaba repleta. Los monjes entonaban sus letanías y los soldados avivaban el fuego. El clérigo, ataviado con mitra y báculo, se colocó al pie de la pira por santo oficio. Era su deber sostener la cruz en alto, a la vista de la condenada, para que así pudiera salvar su alma. Era su costumbre esconder la sangre de sus manos bajo la pulcritud de sus guantes de seda, sobre los que relucía, destellante, su sortija episcopal.

Pero aquella joven no bajó los ojos, ni alzó la voz. El fuego creció y el olor a carne comenzó a rasgar el aire. En medio del humo, una chispa —solo una— se alzó como una luciérnaga y danzó en espiral hasta alcanzarle el rostro al anciano. No fue grande. No lo quemó. Pero lo cegó para siempre.

LA BRUJA Y LA DIOSA

El bueno gana cuando se sabe defender,
cuando defiende su causa hasta con dientes.

Él no fue al sur buscando tesoros, sino algo más sencillo: aventura, viento en el rostro, y quizás un poco de tierra bajo las uñas. Huyó de palacio, de su jaula de oro, y cabalgó con la curiosidad de los que no han visto el mundo más allá de los muros. Ella recogía leña junto al río, la misma rutina en el mismo lindero. Pobre, joven, de trenzas generosas y mirada cristalina. Tropezó y se torció el pie. Y él —aún sin historia— la cargó en su caballo, aliviando el peso de su leña, su camino y su soledad.

Se siguieron viendo, al principio con excusas y después sin pretextos. Entonces el deseo creció: juvenil, torpe, sin malicia. Un deseo que ni se mide, ni se calcula, ni se contiene. Él no sabía que la amaría, y ella no sabía que pariría un Rey.

Su Majestad se enteró y el peso de su cetro cayó sobre su hijo como un yunque. El escándalo podía costarle el trono, así que lo sometió al castigo, lo encerró y amenazó con desheredarlo. Lo obligó a casarse con una hija de nadie, nacida en alguna casa menor extinguida por guerras viejas. Pero ella tenía algo que los hombres confundían con nobleza: belleza, voz tersa y unos ojos de ceniza que parecían mirar desde un sitio más antiguo que el tiempo.

La Princesa no fue elegida, fue impuesta con una suavidad sugestiva e insinuante. Cuando el Príncipe al fin aceptó el matrimonio, ya no era exactamente el mismo, ni tampoco su padre. Ambos dormían más y dudaban menos, y lo que antes eran pensamientos propios, ahora eran ecos de una voz femenina que se oía entre sueños.

Él sucedió a su padre y, como se hacía entonces, la mano de Dios legitimó su trono por medio del Arzobispo.

La nueva Reina había logrado la paz, al menos ante su oscuro deseo: trono, poder y lujos. Pero como a lo que se resiste es lo que persiste, la olvidada del sur volvió a aparecer. "Un hijo del Rey, vivo, en el sur", silbaba el viento, brotando de las fuentes y escurriéndose entre los muros de palacio.

Y entonces vino la rabia. El deseo de eliminar todo lo que no fuera suyo. Mandó llamar a unos hombres que no eran soldados ni nobles, eran los que no tienen nombre ni herencia. La orden fue clara: buscar a la mujer y arrebatarle al niño.

Pero la historia, como siempre, dio un giro. En la taberna, mientras bebían y brindaban por la nueva Reina, uno de los matones se dejó escuchar:

—Un encargo fácil, esta vez.

Otro preguntó:

—¿Y si alguien se entera?

El primero respondió:

—¿Quién va a hablar? El niño ni dientes tiene.

Una sombra se levantó de la esquina, dejó unas monedas en la barra y salió sin ruido.

Esa noche, ella abrazaba a su hijo sin saber que podría ser la última vez. Los pasos de los hombres ya estaban cerca: unos por orden de la Reina y otros en nombre del Arzobispo, a quien se le había dado aviso. Los enviados del clero le dieron alcance y le pidieron que entregara al niño, que su vida dependía de ello. Ella, desesperada, se aferró al pequeño, pero cuando oyó los gritos, la madera romperse y las voces sucias, lo envolvió en su manta, lo besó sin decir adiós y lo entregó.

Los matones de la Reina no hallaron más que una madre herida y vacía. Furiosos, buscaron rastros, pero los raptores buenos simularon la muerte del niño, dejando en su alocado escape la manta de parto con manchas de sangre de gallina. Nunca fueron vistos. La prueba fue presentada a la Reina y el niño fue entregado al Arzobispo. Los bandidos regresaron al sur por orden de la Reina y dejaron la tela bajo el almendro. Ambas mujeres fueron timadas por dos clases de bandidos, pero igual de cobardes. La una, no pudo enterrar a su hijo; la otra, no pudo sepultar su ambición.

"Si un hijo pudiese destronarme" —pensó la Reina —, "hagamos entonces un hijo". En la soledad de su alcoba, la Reina modeló sus pensamientos. Hurtó el gran cirio macizo, amarillo y consagrado que ardía día y noche en la capilla real. Con su daga cortaba y esculpía mientras recitaba en voz baja palabras sin lengua conocida. Cuando el último rasgo estuvo completo, sopló sobre el engendro, y éste pareció parpadear, cobrando vida como una vela que se prende por vez primera. Había nacido.

Pero como todo lo nacido necesita alimento, llamó a las nodrizas. Todas fracasaron. La criatura lloraba sin voz y se agrietaba por dentro. Entonces, la Reina fue por la daga, se cortó en la palma y dejó caer unas gotas de su sangre. El flujo tocó la hoja bruñida, y en su superficie apareció una visión: una vaca en una tierra lejana del sur, de ubres colmadas, cuya leche era blanca, espesa y dulce. Convenció al Rey de confiscarla, hablando de salud, de riqueza láctea y de deber real. El Rey, hechizado, accedió.

Pero no dio resultado. La vaca se secó y el niño se enfriaba, el hechizo tambaleaba. La Reina misma degolló a la vaca, dejando que su sangre empapara la daga. Una nueva imagen apareció: una cabra delgada con ojos plateados. La cabra fue traída, pero poco a poco se vació y se volvió inútil. El ciclo se repitió: derramó aquella sangre y consultó la hoja. Esta vez la imagen fue de un pozo viejo y agrietado, pero rebosante de leche blanca que salía del brocal como maná.

El pozo fue confiscado junto con la tierra y aquella miserable casa. La campesina quedó vagando, habiéndolo perdido todo, y no tardó en que el pozo se secara también. Desesperada, la Reina colocó la daga sobre la mesa. Ya no tenía más víctimas, nada que sacrificar. La hoja estaba muda, sin reflejo, sin visión, sin leche. Solo quedaba una sangre posible: la de aquella mujer a la que había arrebatado todo.

Ya había afilado la mirada y su daga cuando apareció la serpiente. Se deslizó sobre la piedra con la suavidad de una sombra y la certeza de algo que ya ha sido escrito. No era una serpiente común; su cuerpo era delgado, pero su presencia colmaba la estancia. Tenía una mirada profunda, ajena al tiempo, como si recordara el momento en que el mundo fue creado. La Reina se levantó de golpe y alzó la daga, tratando de pronunciar un conjuro, uno de esos que había susurrado tantas veces al oído del Rey dormido. Pero la fórmula fue vana. La serpiente no se detuvo y mordió. La Reina gritó y luchó, pero ningún conjuro ni daga la protegía contra el juicio de una diosa. Su cuerpo se estremeció, sus ojos perdieron el brillo y cayó de espaldas, sin estruendo. La daga resbaló de sus dedos y la serpiente, tras mirarla una última vez, se perdió entre las sombras. Y la Reina, la bruja coronada, yació sola, su poder extinguido y su máscara rota, mientras no muy lejos, lloraba su abominación.

ENTRE MUROS

Todos queremos volver a casa.

El Reino estaba entre muros. Altos, firmes, antiguos. No eran tan altos como montañas, pero sí como las expectativas de vida de quienes nunca habían salido de allí. Dentro de esos límites se vivía en paz y en armonía, o eso decían todos.

El deseo de conocer qué había más allá era casi inexistente porque se creían felices, y eso bastaba.

Hasta que un día, un pájaro gigante surcó los cielos, llevándose en su vientre a un niño de la comarca. Por vez primera, pululó la duda. Nacieron y crecieron las conjeturas, maduró la reflexiva incertidumbre, y envejeció y murió el remanso. Los entendidos hablaron de monstruos al otro lado. Los juglares lo convirtieron en míticas sagas: gigantes de pies de plomo con un hambre voraz y fieras espeluznantes sedientas de sangre. Y cundió el pánico.

Se atrincheraron con más rigor. Convirtieron sus límites en objetos de culto y veneración, y hasta los embellecieron con murales y consignas.

Mientras más se fortificaba el Reino, más se debilitaban las palabras. Mientras más se sofocaba la mente, más se incendiaba la fe.

Pasaron los años. Una noche, mientras el pueblo dormía el dulce sueño de la imperturbabilidad, un pájaro gigante descendió sobre la plaza, escupiendo al niño que una vez había sido arrebatado por los aires. Era ya un hombre. Al amanecer, la noticia del retornado se esparció por el Reino como un incendio incontrolable. El Rey mandó traer al repatriado, convocó a toda la corte y, en presencia del pueblo, lo confrontó.

El hombre habló con calma, pero con brío. Narró su larga estadía fuera de los muros, hablando de paisajes hermosos, de montañas humeantes, de desiertos y bosques. Contó cosas de ensueño: de enigmáticos reinos donde las casas eran más altas que los muros, iluminadas con fuentes de luz inextinguibles; de jinetes que planeaban por los aires sobre pájaros gigantes; de cajas mágicas con seres diminutos dentro, un guiñol vivo y real con historias sorprendentes; de libros sin hojas en los que podías ver cosas en movimiento, como las pitonisas con su bola de cristal; y de mensajes que surcaban los mares en segundos.

Cuando terminó, el pueblo rompió en carcajadas. Todos se burlaron de su historia y de él. El Rey, con gesto severo, lo declaró loco. Dijo que estaba hechizado, contaminado con el mal de extramuros y, en bien de todos, decretó su confinamiento perpetuo en las mazmorras del castillo. Una condena más que justa para quien altera el orden y la tranquilidad de un Reino.

Años más tarde, en su lecho de muerte, el Rey mandó traerlo nuevamente a su presencia y lo recibió a solas.

—He de confesarte algo —dijo el monarca—. Creo toda tu historia. Sé de qué hablas. También yo viví fuera de estos muros.

El hombre lo miró, asombrado y confundido.

—Entonces, Majestad —dijo—, ¿por qué ordenó mi encierro?

El Rey cerró los ojos por un instante y luego murmuró:

—Porque en un Reino entre muros… los locos nunca llegarían a reinar. Y aquí, solo puede haber un Rey.

Entonces, el Rey cerró sus ojos para siempre.

VI-DA

Estar juntos no es conocerse.

Cuando el aliento del Rey se extinguía como las sombras en el atardecer, se alzaba en el corazón del Reino una torre, la más cruel de todas, popularmente conocida como "La Botella". No era una torre de defensa ni de vigilancia, sino un tubo para envasar un cuerpo, un presidio para aplastar el espíritu. Una única ventana enrejada coronaba la estructura como un ojo burlón, sin vista desde el fondo oscuro donde el prisionero se consumía.

Abajo, en el sedimento de esa botella de piedra, penaba Jonás. Para la corte del Rey era un loco sentenciado por sus palabras: historias de extramuros. Pero para la gente del pueblo, que susurraba en los mercados y en las tabernas, un castigo tan severo para un simple "loco" era una locura en sí misma, ya fuera la de Jonás o la del Rey. Por eso, algunos curiosos merodeaban a menudo la base de la torre, como queriendo toparse con alguna especie de suerte, un eco de esa verdad embotellada.

Marcos, cuya curiosidad era más afilada que la de los demás, buscaba un contacto. Durante semanas probó primero lanzando una piedra, luego perfeccionando su puntería con una honda. Finalmente, tras incontables intentos, logró la proeza:

un cordel de soga fina, lastrado con precisión, se coló por el ojo enrejado de La Botella y descendió hacia la oscuridad insondable.

Para Jonás, que no había visto en años más que piedra y aquel lejano retrato de cielo, la soga que se deslizó ante él fue una aparición. El hilo era demasiado frágil y el ojo demasiado cerrado como para considerarlo un escape, pero era más que un cordel: era una oportunidad de ver, a ciegas. Tiró de la soga dos veces, sin código ni plan. Tun-Tun. Un simple acuse de recibo a los cielos, al extraño. Una forma de decir: "Estoy aquí".

Afuera, Marcos, con la rafia enrollada en sus manos sudorosas, sintió la vibración. Su corazón se sacudió también. ¡Estaba vivo! ¡El loco estaba vivo! Contuvo el aliento y, con deferencia, repitió el compás. Tun-Tun. Adentro, en la negrura, Jonás sintió el tirón de vuelta, y en ese instante, la mazmorra, el Rey y los años de soledad desaparecieron. Tenía conexión. El hecho de saber que había una mente intencional al otro extremo, un alma que respondía, le dio un aliento que creía perdido para siempre.

A su doble jaloneo recibía la misma respuesta, el mismo lenguaje, la vida comunicándose. No se habían dicho nada, pero a la vez, todo. En ese primer intercambio, acababan de fundar un lenguaje y de pronunciar la primera palabra de su nuevo mundo, la única que importaba. Dos tirones: VI-DA.

Las visitas de la cuerda se sucedieron, y con ellas, los días se convirtieron en meses, y los meses, en el último año del Rey. La Botella se sentía insoportablemente vacía cuando no bailaba la soga, esa hebra que hacía fluir a su interior una comunicación fresca y cálida. El lenguaje evolucionó; de la afirmación primordial de "VI-DA", pasaron a construir su propio código morse rústico, donde el número de tirones significaba una palabra completa, una idea. O eso creían.

En la última hora del último día del Rey, La Botella se hizo añicos, como los muros, derribados por las ansias de libertad y un pueblo enardecido. Jonás fue llamado a los pies del monarca moribundo.

—Yo también estuve fuera de los muros —le dijo, agonizante—. Ninguno de los dos estamos locos. Tú me atacaste con la verdad y yo me escudé en la mentira. Por eso coroné a la mentira y embotellé a la verdad.

Y murió, como su poder, sus leyes, los temores del pueblo y los muros.

¡Oh sorpresa, la de Jonás, al encontrarse con Marcos! Él seguía en aquel sitio de pena, llorando, aferrado a una cuerda sin recibir respuesta de vida. ¡Oh sorpresa al conocerse, abrazarse y descubrir que su diccionario, nacido de la distancia y la oscuridad, tenía dos traducciones! Adentro, en la penumbra, Jonás se aferraba a su fe; cuando la desesperanza lo ensombrecía, enviaba dos tirones, un ruego a su compañero para que uniera su alma a la suya en oración.

Afuera, bajo el sol, Marcos sentía esos dos tirones como un latigazo, una orden. Y Marcos, el discípulo devoto de un maestro al que no había visto, obedecía, reuniendo a los disidentes en secreto y susurrando que el Loco había dado la señal.

Jonás no vio la revolución, la escuchó. Primero como un clamor distante, luego como un estruendo en la piedra. Oía los gritos del pueblo, el choque del acero y, finalmente, el eco de los muros desplomándose.

Así fue llevado ante el Rey moribundo.

Ahora estaban allí, con la mente embotada frente a aquella torre. El de Adentro y el de Afuera.

—¡Miguel! ¡Lo logramos! —exclamó el de Afuera, con lágrimas de alegría surcando su rostro.

Jonás, confundido por el nombre y por el sol, apenas pudo sostenerse.

—Tuve fe —dijo—. Cada día te enviaba mis rezos y te invitaba a acompañarme: RE-ZA.

—¡Y yo los recibía como órdenes! —respondió el de Afuera, eufórico—. Yo entendía: LU-CHA. Por eso pregunté: ¿Y-CÓ-MO?

—Yo entendí: LO-HA-GO —apuntó el de Adentro —. Y me dije: "¡Qué fervor tiene este hombre!".

El silencio entre ellos fue más profundo que el de la propia mazmorra.

—Te di las gracias —susurró el de Adentro—: MU-CHAS-GRA-CIAS.

—Y yo entendí —dijo el de Afuera—: PA-LA-CA-LLE.

El de Adentro lo miró a los ojos, comprendiendo por fin la chispa que había encendido la rebelión.

—Te dije yo: DIOS-TE-BEN-DI-GA.

El de Afuera se cubrió el rostro, y una risa extraña, que era a la vez un sollozo, brotó de su pecho.

—Y yo entendí: TUM-BA-LOS-MU-ROS. ¡Y lo hice! Organicé al pueblo, inspirados en tu ejemplo de lucha y resistencia. Salimos a la calle y acabamos con los muros.

El de Adentro, el hombre que solo había ofrecido plegarias, observó el Reino liberado por un error de traducción.

Dos aristas, dos canales de comunicación que pendían de un hilo frágil. Un mensaje con dos interpretaciones. Puso una mano en el hombro de su libertador.

—Qué estupendo testimonio de valor y gran estrategia, Carlos. Mi fe y mis oraciones los acompañaron. Por cierto, me llamo JO-NÁS, no Miguel.

Y por pura costumbre, le dio dos toques en el hombro, el último más fuerte.

El de Afuera se secó las lágrimas, aún riendo.

—Mucho gusto, Jonás. Yo soy MAR-COS, no Carlos.

Y le devolvió el saludo, dos palmadas en la espalda, la primera más larga, sellando por fin, cara a cara, el primer y único mensaje que siempre se habían entendido: "VI-DA".

HOY

ecos del ruido interior

EL MUNDO ESTÁ LOCO

La locura no siempre mendiga...

Érase una vez una mujer a la que todos llamaban loca. Vivía debajo de un puente, en medio de una ciudad colosal. Cada mañana salía temprano, recorriendo las calles con paso errante. Hurgaba entre la basura como quien busca tesoros y a veces los encontraba: un broche roto, un zapato sin par, una botella.

Llevaba unos audífonos toscos, de esos que cubren toda la oreja, encajados en su cabeza como si hubiera nacido con ellos. Los portaba como parte de su cuerpo y no se los quitaba jamás. Caminaba con la cabeza gacha, murmurando, quizás tarareando melodías que nadie oía. Solo alzaba la vista para protestar al cielo por la lluvia, el calor o por el simple hecho de que el cielo siguiera ahí. Por las noches regresaba bajo el puente, donde su única compañía eran las ratas y los pensamientos.

Un día, otro loco se acercó. Era delgado, con aspecto de haber leído demasiado y comido muy poco. Vestía una camisa abotonada hasta el cuello, unos pantalones roídos atados con cordones de zapatos y siempre llevaba un peine colgando de la cintura como si fuera un talismán. Sus lentes eran gruesos y torcidos, con una pata sujeta por una venda de tela, y apretaba contra el pecho un libro como si llevara ahí su alma entera. Caminaba por la ciudad repartiendo ideas y recogiendo sobras, como un filósofo andrajoso al que nadie prestaba atención.

—¿Qué estás escuchando? —le preguntó a la mujer.

Ella lo miró con una sonrisa y respondió: —¡Nada!

—¿Nada? —repitió él, desconcertado—. ¿Entonces por qué usas audífonos?

La mujer encogió las cejas, como si no entendiera. Luego dijo:

—¿No lo sabes? El mundo está loco. No uso los audífonos para oír, los uso para no escuchar. Porque a los locos… no hay que escucharlos.

SUEÑO Y PESADILLA

Hay quienes murieron por un sueño.
Y hay vivos que nunca despiertan.
Esos últimos están más muertos.

Al otro lado del mar, en una tierra sin nombre y sin futuro, un viejo soñador veía sus sueños realizarse. Todo cuanto soñaba, se cumplía. Fuese grato o terrible, claro o incomprensible, su mundo despertaba con las formas de su noche interior. Era un visionario dormido.

En una ocasión, soñó que un imperio colapsaba. Cayeron los muros, las estatuas rodaron, las plazas se vaciaron, las consignas se apagaron y las banderas dejaron de ondear.

Otra vez, soñó con una pandemia que azotaba al mundo. Vio rostros cubiertos, cuerpos apilados, el llanto de muchos y el silencio de todos. Y no tardó en soñar con la cura, y el brote se detuvo.

Hasta que, en una ocasión, tuvo un sueño tormentoso. Soñó consigo mismo. Un segundo él —idéntico, pero más pálido, más viejo, más real— se le acercaba en silencio, se agachaba junto a su lecho y le susurraba al oído: "Dejarás de soñar. Y alguien en tu casa morirá". El viejo pensó en su mujer y en su hija. Tembló por ambas. Y temiendo más por ellas que por la pérdida de su don, se negó a despertar.

Luchó por no salirse de su sueño lúcido para impedir que la profecía se concretara. Pobló su espacio con personajes imaginarios, entabló diálogos, fundó historias y fijó citas interminables. Llenó una agenda inmensa con eventos que solo él recordaría.

Y así pasó el tiempo: los días, los años, sumergido en una dimensión cada vez más densa, más profunda. Un mundo sin umbral ni regreso. Otro sueño cumplido.

LOS FUNERALES

El muerto al pozo
y el vivo al gozo.

En cierta ocasión murió un alcalde. Mientras la inmensa caravana se dirigía hacia la necrópolis del pueblo, un periodista, enviado para cubrir el evento, comentó con perspicacia a un hombre de enjuta apariencia que se había adherido a la cola del cortejo:

—Se ve que era un hombre muy querido —dijo el reportero—. Nunca había visto tanta gente en una sepultura.

—¡Para nada! —repuso el otro sin inmutarse —. Fue el más despreciable de los hombres: codicioso, manipulador y cruel. Durante su gobierno desaparecieron los ahorros, se arrasó con la dignidad de los pobres y no hubo más libertad que la que se sometiera a sus decretos.

—Y entonces… ¿por qué están aquí? —preguntó el periodista—. ¿No se supone que, por despreciarlo, habrían de faltar a su sepultura?

—No están aquí por lo que sienten —respondió el acompañante, sin apartar la mirada del féretro—. No se puede rendir tributo y veneración al monstruo que te cambia la libertad por dependencia. Están aquí porque saben muy bien que, al sellar la loza, los deudos ofrecerán en su casa el mejor almuerzo.

HIJOS EN SERIE

El deseo conserva, la indiferencia extingue.

Hace muchos años, cuando los niños se fabricaban bien, las fábricas de niños vivían su máximo esplendor. Se ensamblaban con cuidado, uno a uno, sobre mesas de gestación lenta. Sus componentes eran elementales, pero invaluables: amor, ternura, sueños y un poco de barro. Se verificaba su humanidad en cada etapa del proceso y, al terminar, eran enviados en su estuche original, con su sonrisa de serie, a hogares donde todavía quedaban adultos dispuestos a criarlos. Era un tiempo de expansión, un tiempo de humanidad.

Pero las fábricas comenzaron a quebrar, no porque fallaran las máquinas, sino porque ya no había suficientes pedidos. El interés decreció y el mercado se volcó hacia otras industrias más convenientes. Las fábricas de autoimagen —especialistas en cirugía morfológica avanzada, injertos estéticos y rostros intercambiables— dominaron los catálogos. También florecieron las fábricas de gadgets corporales: dispositivos inteligentes, visores incrustados, asistentes implantables y chips de control emocional. Y las fábricas de mascotas vivieron su mayor auge, con modelos obedientes, tiernos a demanda y configurables. Todo lo que no implicara crianza, ni vínculo, ni imprevisibilidad, fue preferido.

Los niños, en cambio, venían sin garantía. Salían caros, lloraban y tardaban años en funcionar correctamente. Algunos llegaban con defectos; otros, simplemente, eran cancelados antes del envío o descartados sin abrir. Y así, las fábricas cerraron. Ya no quedaban manos dispuestas a moldear un alma, ni máquina alguna capaz de imitarla sin un diseño claro.

La humanidad envejeció. Las cunas se oxidaron. El mundo se volvió una sala de espera sin juegos. Entonces, un grupo de ingenieros propuso un modelo alternativo: ya no se trataría de fabricar niños, sino de reconstruir al ser humano con los materiales disponibles. Les pusieron fuego por cerebro, para pensar rápido, sin pausa ni duda. Les instalaron hielo por corazón, para no sentir, no compadecer, no detenerse. Les insertaron piedras por ojos: duros, opacos, sin mirada que pudiera confundir ni revelar intenciones. Y en lugar de pies, les dieron turbinas de aire, para que fueran ligeros y aminoraran su carga.

Así nació el hombre moderno. Está quemado de la cabeza. Trata con frialdad. No tiene ojos para nadie. Y anda por las nubes. Los demás son modelos antiguos, devaluados y casi agotados.

HISTORIA CLÍNICA

No soy lo que te cuento.
Soy lo que no ves.

La doctora no levantó la vista cuando entró la paciente. Tecleaba con ritmo automático, como quien repite un gesto aprendido más por defensa que por deber.

—Buenas tardes, tome asiento. Nombre completo, por favor.

La mujer se sentó con cuidado, acomodó su bolso entre las piernas y respondió en voz baja:

—No sé. No lo recuerdo.

La doctora escribió: *Paciente no refiere nombre. Posible alteración de memoria.*

—¿Edad?

—Ochenta y algo, creo.

—¿Estatura?

—Un metro cincuenta y cinco, tal vez menos. Últimamente me encojo.

—¿Peso?

—Lo que diga la báscula, doctora. Pero usted no me ha pesado.

La doctora sonrió, sin mirarla.

—¿Rutina diaria?

La paciente pensó un momento.

—Me levanto tarde, porque no hay prisa. A veces desayuno, si me acuerdo. Camino por la casa, hago cosas pequeñas y ayudo a mi hija cuando puedo en la cocina.

—¿Vive con su hija? —preguntó la doctora, todavía sin levantar la mirada.

—No exactamente. Ella vive conmigo, pero se va temprano y vuelve tarde. Trabaja mucho. A veces la oigo llorar en la ducha, pero luego me sonríe y me pone la tele. Me deja las novelas puestas. Me gustan, aunque a veces me confundo con los personajes.

—¿Sabe por qué vino?

—Por el pecho —dijo la mujer, llevándose una mano al corazón—. Cuando estoy sola me duele. Aquí. Como si me apretaran por dentro, pero no es el corazón, es algo más atrás. Como cuando una puerta no se cierra bien.

—¿Hace cuánto?

—No sé. A veces lo olvido. Pero cuando lo recuerdo, duele.

La doctora empezó a escribir más rápido: *Paciente femenina, adulto mayor. Dolor torácico inespecífico, sin irradiación. Episódico. Asociado a soledad y horas de descanso.*

Tecleó unas líneas más, con un gesto de cansancio aprendido: *Cuadro compatible con ansiedad subclínica. Posible componente psicosomático.*

Hizo una pausa breve.

—Le voy a recetar algo leve. Alpirexan. Un relajante suave, no interfiere con otras medicaciones. Una cápsula cada ocho horas.

Giró hacia la impresora, tomó la hoja, la dobló en dos y, por fin, levantó la vista para entregársela. La mujer alargó la mano. La doctora la miró.

Y la palabra se le escapó con aire cortado:

—¡Mamá!

TIEMPO DE ADELANTAR

El que duerme tranquilo, despierta con problemas.

Durante la pandemia, el mundo se detuvo. Ellos, no. Recién casados, recién mudados, recién estrenando sábanas y laptops. Tenían dos escritorios, pero una sola cama. Dos oficinas en un mismo cuarto. Y al principio, todo era luna de miel.

—¿Vamos a...? —susurraba él, desde su escritorio.

—Estoy ocupada —respondía ella, sin despegar los ojos de la pantalla.

Eran palabras que llegaban aún templadas, pero a veces sí había pausas: breves, intensas, como un café demasiado fuerte. Él decía que tenía deseo; ella, que tenía trabajo. Él hablaba de amor; ella, de "adelantar".

Adelantar... Esa palabra se convirtió en su mantra, en su escudo. Adelantar pendientes, adelantar proyectos, adelantar la vida para tener más tiempo. Un tiempo que, suponía, nunca aparecía. Él, más ardiente, se refugiaba en páginas ocultas. Ella, más cuerda, se ponía cada vez más mustia y silenciosa. No cocinaban, casi no comían. No salían, solo a emergencias. No hablaban, solo lo necesario. El deseo se volvió formato, las caricias memes, y las pausas, solo notificaciones.

Hasta que una noche, ella tuvo una idea. Él dormía profundamente, roncaba. Y cuando él dormía, ella era ella. Trabajaba. Adelantaba. ¡Oh, qué glorioso momento, la pantalla, el tiempo sin interrupciones! Así nació la solución. Una "solución" secreta. No era veneno, solo descanso. Y la usó, una, otra y otra vez, diluida en el expreso que tanto le gustaba a él. Él dormía plácido y ella permanecía activa, como un servidor con buena conexión. A la noche se agregó la siesta; a la siesta, el *break*. La pausa se hizo más constante.

Pero entonces despertaban esos dos, con fuerza, con hambre. Él, como bebé, y aquello, como monstruo. El remedio había sido peor que el mal. Cada despertar traía consigo una erección más digna, más terca, más prolongada. Un cuerpo con la potencia de un atleta olímpico y la premura de un santo lujurioso.

—¿Otra vez?

—Otra vez.

Ella ya no lo dormía solo para descansar de él, sino para ganar tiempo entre cada embestida. Las noches y los días se fundieron. Él, en su hueco del colchón; ella, en su silla, sin vista y sin espalda. Él ya no trabajaba, ella ya no se desnudaba. Y mientras el mundo afuera volvía a abrir sus puertas, ellos seguían encerrados en su normalidad, entre una cama y un escritorio, con sueños dormidos por dos aparatos despiertos: una computadora encendida y un pene erecto.

CARTA A MÍ MISMA

Hay verdades que no caben en un sobre.

Querida Claudia:

No sé cómo empezar esta carta. Tal vez por eso tardé tanto en escribirla, porque cada vez que pensaba hacerlo, una voz me decía que no, que tú no entenderías o que yo estaba exagerando o perdiendo mi tiempo. Pero callar cansa, y ahora necesito decirte unas cuantas cosas.

No quiero que esto suene a reproche, aunque lo sea. Ni a queja, aunque me duela. Solo quiero que me escuches como yo he tratado de escucharte siempre. No sé en qué momento te convertiste en alguien que opina de todo y de todos; una metiche con consejos no pedidos, la jefa de lo que "debería hacerse", la primera en señalar los errores de los demás, claro. Y cuando una se equivoca, ahí estás tú con el "yo te lo dije", restregándolo en mi cara hasta el cansancio. Pero cuando tú metes la pata (y vaya que lo haces), todo se vuelve "una experiencia que me ayudó a crecer". ¿Te das cuenta?

Me cansan tus selfies con frases de autoayuda que no te aplicas y esos filtros tras los que te ocultas. Tus lives vacíos en PikTok, plagados de indirectas disfrazadas de sabiduría. Esa manera tuya de contar tus problemas como si el mundo debiera detenerse a darte aplausos por sobrevivir a lo que a todos nos pasa. Hasta cómo te peinas, te vistes o caminas… sé más original.

Y aún así, te quiero. O te quise. No sé. Porque también me he reído contigo y he llorado contigo, y a veces me falta tu voz cuando no la tengo cerca. Pero últimamente, cuando te escucho, siento que hablas para que te celebren, no para que te entiendan. Yo solo quería una amiga, no una jueza, no una influencer de la vida ajena.

Y por eso escribo esta carta. Ya no lo digo en las redes, sino directamente a ti, de mi puño y letra. Porque si no lo hacía, te perdía en silencio. Tal vez igual te pierda, pero al menos esta vez me habrás leído.

Con sinceridad,

Rosa María

La carta fue doblada con esmero, guardada en su sobre, cerrado con lengua temblorosa y casi seca, y llevada al buzón más próximo.

Pasaron muchos días. El buzón seguía vacío, o lleno de publicidad colorida e inservible. Hasta que un día llegó una respuesta. Era una carta larga, a juzgar por el grosor del sobre.

La tomó con rapidez y corrió a la intimidad de su cuarto. Se apartó el pelo, suspiró y se sentó frente a su cama. Y entonces reparó en el frente del sobre. En la esquina izquierda, bien claro, el remitente: Claudia (la dirección de su amiga). En el centro, el destinatario: Rosa María (ella misma).

¡Qué confusión! Era su letra. Era su reclamo. Era su carta, por error, enviada a ella misma. Se quedó quieta, ruborizada, como si alguien acabara de gritarle una verdad. Y no hizo falta abrirla.

FLORES DE MERENGUE

No se trata de derechos.
Se trata de oportunidades.

Frente al espejo

Me estoy preparando para ir a la emisora, pero no sé ni qué voy a decir. ¡Nunca me han hecho una entrevista! Qué nervios. ¿Estaré bien vestida? Ya le dije a mi mamá que no quería fiesta; ella insiste en hacer un motivito con la familia y picar el cake. Mi madre es tan detallista, siempre me sorprende con cada cosa. ¡Tan linda! Si no fuera por ella… ¡Ay, ya! Que hoy no quiero llorar, además, ya se me está corriendo el maquillaje.

—¡Mami, pásame el rímel, que ya se me chorreó esta cosa! ¡Y el creyón también, mima!

¿En qué estaba? ¡Ah, sí! En que yo no quiero fiestas. Ni cuando cumplí quince años quise fiesta. Esa pasarela con vestidos pomposos…

—Gracias, mami.

…se me hace tan cursi. ¡Como si fuéramos de aquellas épocas! Yo no, ¡solavaya! A lo mejor puedo parecer rara, pero en verdad creo que soy más comprensiva que mis amigas. Mira a Magali, su familia tiró la casa por la ventana para celebrarle los quince y hoy están con la soga al cuello pagando las deudas. Además, salió bien fea en las fotos, parecía

51

un mamarracho. Yo le pedí a mi mamá una buena comida y más nada. ¡Me di un atracón! Las mujeres no somos muñecas pa que nos anden cambiando de ropa y exhibiendo en un álbum de mentiras.

A mi padre no lo veo desde hace siglos. ¡Uf, ya llovió mucho! Hasta me crecieron los senos y él brilla por su ausencia. La última vez que me cantó un "japi beibi" se puso bien borracho y le metió un galletazo a mi mamá tan fuerte que la pobrecita cayó al piso desmayada. Mi abuela terminó botándolo de la casa. ¡Y qué bueno, se lo merecía! Mira que meterle a mami… ella ha sido madre y padre y se ha partido el lomo trabajando para sacarme adelante. Ya no soy una niña, yo entiendo bien las cosas.

Muchas veces vi a mi madre llorando como una magdalena. Cuando estaba desesperada, se tiraba en la cama y decía que le dolía la cabeza. ¡Como si yo fuera boba! Creía que no sabía que era por culpa de mi papá.

Ella inventaba cosas para darnos de comer y el muy lindo echándose fresco. Me acuerdo aquella vez que la vi haciendo un fufú y parecía que lo sazonaba con lágrimas. Esa noche él no vino a dormir.

Muchas veces me servía el plato y yo le preguntaba si ya había comido. Siempre me decía que sí, hasta que un día me di cuenta de que en el caldero solo había raspa. Desde entonces le exigía que se sentara a comer conmigo y me ponía ferruca si no me obedecía.

¡Cuántas veces no se habrá ido a dormir sin comer!

Cuando nos apretaba el zapato, mami abría el escaparate y se sentaba en la cama vacilando su ajuar. Al poco rato me daba una jaba y me pedía que fuera a casa de Tania o de alguna otra amiga a ver si querían comprar algo de ropa. Poco a poco se fue quedando desnuda. Hasta el vestido de terciopelo negro que tanto me gustaba le dio camino por unos pocos pesos y una libra de arroz. Ella vaciaba el escaparate para llenar los platos. Puedo decir que fui criada con los vestidos de mamá.

Yo nací un día como hoy. Mami tenía la misma edad que yo tengo ahora, y la verdad… era un modelito. Yo he visto fotos de ella y me quedo loca con el cuerpecito que tenía, aunque las muchachas de antes estaban más desarrolladas que las de hoy. Ha de ser por lo que comían. Con tantos químicos que hay ahora, ¡eso hace daño! Antes todo era natural. Sin embargo, no me puedo quejar, yo tengo lo mío y cuando salgo, paro bicicletas y tractores. A veces hasta me pongo colorada por los piropos que me echan los pepillos. Pero los hombres se alborotan con cualquier palo de escoba, todos nos miran con cara de hambre. Yo soy de las que espera a un hombre que me quiera de verdad, que me respete y me valore por lo que soy. ¿Existirán todavía esos hombres?

Cada año, mi abuela y mi mamá repiten religiosamente la historia de mi nacimiento. Dicen que recordar es volver a vivir. ¡Pero avemaría… esto ya parece un rito! Que si tenía tremenda barriga, que si le daba mucho sueño, los antojos, la historia clínica, las piernas hinchadas… ¡Tremenda matraquilla! Aunque yo tuve la suerte de nacer en un hospital, porque dice mi abuela que ella nació en un cubo. ¡Qué cosas, ¿verdad?!

Mi mamá tenía una barriga como balón de playa y todo el mundo decía que era hembra, porque las hembras ponen la barriga picuda. La pobrecita casi se vuelve loca. Las hembras gastan más que los varones, ¡y todo rosado! Pero yo nací en las vacas flacas, no teníamos ni un quilo prieto partido por la mitad. Si hubiera sido varón, tendría ropitas de sobra, porque mis primos se pasaban la canastilla de unos a otros. Yo creo que estaba condenada a vestirme de azul, aunque el azul es mi color favorito y le hace honor a mi nombre. ¡Ah… seguro por eso me pusieron así! Eso sí, nunca me lo han dicho.

—¡Ya voy, mija!

Mi madre quiere a fuerzas que almuerce antes de irme, pero yo, cuando me pongo nerviosa, no como nada porque lo vomito. Mejor cuando regrese. ¿Qué me irán a preguntar? ¡Tanta rebambaramba por un *cake*!

—¡¿Dónde está el carné?!

Hay un dicho que dice: "Vísteme despacio que estoy apurada". A mami, cuando se le mete algo en la cabeza… ¡Ñó!, esa mujer parece que nació compitiendo. Bueno, ella a lo mejor no, pero yo sí. Siempre dicen que yo era floja desde la barriga, que por eso no me gané la canastilla. ¡Y era buena… hasta cuna y todo!

Después de un mes de atenciones, la habían ingresado y ya tenía fecha. Los médicos decían que tal vez nacería el 7 en la noche. En la casa todos estaban comiéndose las uñas, pero el trabajo de parto se alargó porque no dilataba. Tuvo punzadas desde las cinco de la tarde. La metían, la sacaban, y yo adentro como si nada. Ella luchaba como una fiera, aguantándose todo lo que podía para que le cogiera la medianoche. ¡Un premio como ese no se puede escapar! ¿Quién te regala una canastilla completa hoy en día? ¡La más grande que un niño de este pueblo puede tener!

Ya como a las once de la noche se le rompió la fuente y corrieron con ella al salón de parto. Dice que cada vez que pujaba se acordaba del premio: los pañales (¡humm!), el talquito (¡humm!), la colonia (¡humm!), la ropita (¡humm!), ¡la cunaaa hummmmm! A mí, mejor que me hagan cesárea cuando me toque. Los hombres deberían parir, pa que sepan lo que es bueno. Me hubiera gustado ver a mi papá pariéndome. ¿Por qué siempre nos toca la peor parte?

Y entonces, la reina de la pista se vio acompañada por otra barrigona, una extraña contrincante que ni siquiera tenía dolores y que entró con una sonrisa de oreja a oreja. No parecía que iba a parir, sino al parque de diversiones. Y las reglas eran claras: debía ser parto natural, si no, no había canastilla.

—¡Mami, ¿cómo se llamaba la que le indujeron el parto?!

¡Ay, Mónica! Cada vez que me acuerdo de esa Mónica me da un genio… ¡Ladrona!

En todos lados hay trampa. No debería ser la primera niña que nazca, sino la primera fuente que se rompa. O que le den algo a todas las que nazcan ese día. Esa mujer era familia de alguien, se ve que tenía palanca, porque a mi madre la dejaron en la plancha pujando sola y se fueron con la otra a sacarle la niña a la cañona. Está claro que ahí había maraña. ¡Dime tú, dos mujeres compitiendo como en una carrera de caballos!

—¡Ay, mami, hubieras pujado más fuerte!… ¿Con quién? ¡Con nadie! ¡Con el espejo! Estoy ensayando por si me preguntan algo de eso.

Ha de pensar que estoy loca, hablando sola. Si no me hubiera tardado tanto, hubiera nacido primero. Cuando yo saqué la cabeza, ya a la otra le estaban cortando el cordón. Cuando a mí me estaban cortando el cordón, a la otra ya le habían puesto una blusita de la canastilla. Ella, la primera niña del 8 de marzo vestida de rosado… y yo, cinco minutos después, vestida de azul. ¡Pero eso fue trampa! Lo bueno es que la perdoné, y además, esa canastilla ni existe ya.

Aunque mi madre sufrió más por haber perdido el premio que por haberse desgarrado. Se peleó con los doctores y presentó un montón de argumentos, sin lograr ningún resultado. Y lo peor de todo es que a esa niña la amamantó, como a muchos otros niños del cunero, porque tenía los pechos a reventar y a mí no me daba hambre. ¡Ironías de la vida! Ella me quita la ropa y yo le doy mi leche.

Todos le decían que tenía un niño muy chulo y ella se enojaba y les enseñaba mi toto para que vieran bien que era una hembra. ¡Claro… vestida de azul, quién iba a imaginar!

¡Ay, mira qué coincidencia! Hoy también estoy vestida de azul. Pero bueno, ahora sí se me nota que soy mujer. Menos mal que ya no tengo que ir por ahí enseñando nada.

Estoy segura de que esta vez sí me gano el *cake*. Ahora mismo salgo corriendo para la radio. A fin de cuentas, ya tengo carné y puedo comprobar que soy mayor de edad. ¡Quién iba a decirlo! Ayer estaba jugando con fango y hoy ya soy una señorita.

¡Ay, pero no me imagino ser mamá a mi edad! Espero que cuando yo para, sea un varón y ya exista el Día Internacional de los Hombres. Juro que me gano la canastilla, y si no, ya tengo la de mis primos que también fue mía y está bien conservadita.

—¡Oye, Má, ya empezó "Acuarela Mexicana"! Después de este programa es el premio.

Mi madre y yo hemos esperado dieciocho años para salir en la radio y ganarme el *cake*.

—¡Sí, ya voy!

¡Qué desesperada esta mujer! Dicen que cada año terminan en cabina embarrados de merengue porque nadie se lo lleva. ¡Qué derroche! Creo que ese *cake* me ha esperado todos estos años. Ha de ser grande, como de tres pisos. ¡Ojalá y tenga flores! A mí me gustan las flores de merengue, cantidá, cantidá. Ésa es mi parte favorita.

¡Ay, seguro me escucha un tongonal de gente! ¡Qué nerviosa estoy! A ver, Azul, respira. ¡Ese cake ya es tuyo! ¿Y cómo me lo traigo? No había pensado en eso. Imagínate que se me caiga...

—¡Mami, ¿cuánto cobra un coche desde allá?!

¡Caballero, qué abuso! ¡La gente piensa que el dinero viene por tubería! Pero no importa, es mejor asegurarme de que llegue completo. En la mesa de la cocina no cabe, vamos a tener que ponerlo en la cama y tenderle un mosquitero, ¡porque se ha destapao un mosquerío...!

—¡Es mi orgullo haber nacido...!

Esa canción me priva. Parece que en México sabían mi historia cuando la hicieron. Ya estoy lista.

—Mami, ¿qué hora es?

¡¿Qué?! ¡Corre, muchacha, que tenemos poco tiempo!

Nuevamente frente al espejo

¡Caballero, yo tengo que hacerme un despojo! ¡Mira que yo me apuré! La historia nuevamente se repite. Antes de que acabara "Acuarela Mexicana" salimos volando, y por más que corrimos, me quedé sin *cake*. El vivo vive del bobo, y el bobo de su bobería. ¡¿Qué son cinco minutos, chica?! ¡Cinco minutos no es ná! Óyeme, ¡a mí no se me veían los pies! Ese cake no estaba pa mí, como tantas cosas en esta vida. ¡Pero quién iba a pensar eso! Claro... si tenemos la misma edad...

—¡Mami, ¿cómo tú no te acordaste de la hija de Mónica?!

Así mismo: mi hermanita de leche me quitó el *cake*. Por cinco minutos. ¡Cinco minuticos! Cuando llegamos las dos, bien sudadas, nos dijeron que había acabado de entrar una cumpleañera. ¡Dieciocho años esperando y me quedé chupándome el deo!

Mami siempre me decía: "Cuando cumplas dieciocho, te llevo a la emisora pa que te ganes el *cake*". Es el *cake* que le dan a aquella que cumpla dieciocho años el Día Internacional de la Mujer y que sea la primera en llegar a la emisora después

59

del programa "Acuarela Mexicana". Le hacen una entrevista y todo el mundo escucha a la afortunada. Es un bonito detalle y, además, me hubiera hecho popular en el barrio.

¡Qué cosas! Yo hablando frente al espejo, y aquella comiéndome el mandao; ella hablando frente al micrófono, y yo, hasta me había comido ya las flores de merengue.

FUERA DEL AGUA

No nades contra la corriente.
Sumérgete.

Riba había nacido con una severa afección y desde temprana edad sufrió el rechazo y las mofas de otros niños. Sus padres buscaban que llevara una vida feliz y procuraban ofrecerle espacios ideales para su desarrollo, pero Riba no era un niño como los demás. Requería cuidados especiales: no podía exponerse al sol o al polvo, su ropa debía ser ligera y suave, y había que aplicarle cremas constantemente, pues su escamosa piel se irritaba y en ocasiones la situación se tornaba crítica. Tenía una extraña manera de respirar, tomando el aire en grandes bocanadas, como un globo de fiesta. Le gustaba correr bajo la lluvia y chapotear persiguiendo ranas.

Al salir a la calle, siempre algún dedo maldiciente lo apuntaba. Era blanco de la más cruda y dolorosa discriminación, como si no perteneciera a este mundo o como si Dios hubiera errado al ponerlo en brazos de sus padres. Sin embargo, el Niño Pez, como lo llamaban, era el niño más deseado del mundo, el sueño cumplido de una pareja de edad avanzada.

Hoy todo eso es pasado. Ya es como los demás y puede ir de aquí para allá sin fatigarse. Sin ser un extraño, es un pez en el agua. Tiene amigos con los que salta, juega y ríe como los otros niños. Nadie lo señala ni lo ve como un bicho raro. Tiene gran habilidad para moverse y su piel es ahora reluciente y hermosa.

Su familia emprendió un viaje de campamento, llevando todo lo necesario para pasarla bien. Las mujeres no tardaron en prender el fuego y perfumar el ambiente con sus delirantes especias, mientras en el misterioso caldero ya bullía un suculento guiso. Los hombres decidieron inflar sus cámaras e irse al río. Con la crecida, podían lanzarse desde la cascada sin arriesgarse demasiado.

La madre de Riba se resistía a dejarlo ir, pero su padre creía que una experiencia de adrenalina pura sería buena para él y la convenció. Lo tomó en su brazo derecho mientras del otro colgaba la balsa.

El río estaba más hondo que nunca, su agua fresca y cristalina a pesar de las recientes lluvias. La corriente era fuerte y los llevaba a su antojo por el frenético y sonoro cauce. El chapoteo y las risas coronaban la aventura, aminorando el sobresalto de los pequeños. Riba lo disfrutaba, pero sentía que debía aferrarse con todas sus fuerzas a la balsa mientras su padre capitaneaba el desquiciado navío.

—¡Mueve tus piecitos, Riba! —le decía el filial almirante, tal vez por el visible sobresalto del neófito.

El Niño Pez fue sintiéndose como en su propia casa, protagonista de su travesía. Por momentos, sentía en sus piernas las mordiditas inocentes de algunos traviesos peces. Dicen que el agua reclama su lugar tarde o temprano para morir donde debe, y Riba, con tan poca edad, estaba viviendo algo importante. Había llegado al momento clave de su historia, nadando entre dos aguas irremediablemente opuestas. Estaba naciendo aquel día por segunda vez.

Así de jubilosa y entretenida había sido aquella carrera de inflables cuando, sin más, el niño dejó la flota. Resbaló por entre el amplio redondel que lo contenía y, como jalado por una fuerza misteriosa, fue a dar al fondo del río. Mientras se hundía, podía sentir la flagrante caricia del profundo afluente, un aplauso de menguadas voces cada vez más apagadas, y una luz tintineando inquieta entre los agitados pies que había dejado en la superficie. El mundo allá abajo tenía un color diferente.

Riba se estremecía ante la cantidad de cosas nuevas que aparecían ante sus ojos y comenzaba a preocuparle el hecho de volver junto a su padre.

El aire empezaba a agotarse, pero no se sentía incómodo; esperaba paciente en aquel mágico lugar, seguro de que su padre vendría por él.

Arriba, los hombres ya no sabían qué intentar. Su padre bajaba y subía con la desesperación del mismo arroyo, sin conseguir encontrarlo entre voces, gritos y quejumbrosos lamentos.

Abajo, en algún extraño lugar, aguardaba resignado el Niño Pez.

Llegó el momento de tomar una decisión. Riba tuvo que despertar y emprender su autorrescate.

Comenzó a mover su cuerpo, impulsado por la sola idea de asomarse sobre aquella tela luminosa en la que flotaba su padre. Su esfuerzo comenzó a ser efectivo y emergía poco a poco.

Los gritos y los llantos eran más fuertes conforme se acercaba a la superficie. Su padre lo buscaba con zozobra, vociferando su nombre. Riba subió como un experto y, sacando su cabecita, comenzó a gritar mientras luchaba por mantenerse a flote.

Pero tanto ruido y confusión parecían ser la causa de que ni su padre ni los demás lo escuchasen o lo viesen.

Mientras él seguía llamándolos con fuerza, todos parecían ignorarlo.

Ya había encontrado el modo de moverse de un lado a otro sin problemas; podría decirse que nadaba como un iniciado.

Aprovechó para acercarse más y, con extrañeza, experimentó que, aun estando a su lado y picándole gentilmente el cuerpo, aquel hombre que hasta entonces había sido su padre seguía procurando quién sabe qué en las revoltosas aguas, sin darse cuenta de que lo que tanto buscaba estaba a su lado.

—¡Papá, aquí estoy! ¡Papá! ¡Papá! —gritaba, pero mientras más lo hacía, más era ignorado.

Uno de sus primos pareció verlo y, con el mismo dedo maldiciente de antes, apuntó hacia él mientras dejaba escapar su asombro infantil:

—¡Mira, papi, allí hay un hermoso pez!

Al caer la noche, aquellos hombres se retiraron y con ellos su padre, quien por vez primera lo había dejado solo. Desde entonces su vida fue diferente, su hogar fue diferente, su mundo ya era diferente. Hoy surca las aguas como uno más, hoy tiene una vida, y cada vez que alguien se acerca, salta entusiasmado a su lado, dándole la bienvenida. Son esos momentos los que le evocan a su primera familia, esas ocasiones en las que recuerda que alguna vez, estuvo fuera del agua.

OJOS PSICODÉLICOS

Me viste, me vi.

La frialdad me caló hasta los huesos en cuanto entré. Un escalofrío me recorrió la espalda y sentí cómo mis manos y pies se entumecían. La boca se me secó. Los labios me ardieron y se inflamaron. Todo a mi alrededor era oscuridad, pero poco a poco comencé a distinguir sombras y destellos, entre los que emergieron figuras extrañas.

Me encontré con el monstruo que contrastaba con la cueva por sus ojos brillantes. Simplemente me alejé, sin detenerme en mis emociones. Tenía cabeza alargada, boca grande, y garras que se estiraban como sombras. Quería atraparme de una forma extraña, casi cariñosa. Intenté escapar. Corría lento, pesado, como en los sueños. Sus garras se estiraban como chicle, rozándome sin alcanzarme. Pasé por un laberinto de líneas oculares, huyendo de las garras del monstruo.

Al final, me vi subiendo una escalera infinita. Subía y mi cuerpo se aligeraba, como si ya no fuera del todo mío. Seguí subiendo como por inercia, y entonces... caí sobre un colchón blando con resortes que me amortiguaron.

Flotaba en un río blanco, denso, sin orillas. Me dejé llevar. Vi a la distancia dos ojos enormes y luminosos, fijos en mí, como si el negro espacio me observara.

Pestañeaban y me hipnotizaron. Puse los brazos detrás de la cabeza y floté en aquel colchón, sobre ese río encendido, como si todo fuera parte de una obra líquida, observando a aquellos ojos que no dejaban de mirarme sin amenaza alguna.

Los ojos se separaron, se pusieron verticales y les salieron patas de cucaracha. Se movían torpes, descompasados, acercándose. Me dio náuseas. Subieron al colchón y me tocaban. Me invadió una comezón por todo el cuerpo y quise escapar lanzándome al agua.

Emergí. Hubo un silencio total. Solo un goteo leve, rítmico, como si algo escapara de mí.

El perchero, atestado de ropa, se erguía como un monstruo inmóvil. Las cucarachas festejaban sobre el queso para nachos, ajenas a todo. La cerveza derramada se extendía por la alfombra, alcanzando las chanclas. Una línea húmeda descendía aún lentamente desde los párpados hasta la barbilla. Había llorado.

Y entonces, descubrí el cigarrillo prohibido, consumiéndose lentamente en el brazo del sillón.

TIMBERMAN

No siempre, el atajo,
te saca del camino.

El padre de Iván era un macho despreciable, brutalmente absoluto. Un animal de espalda ancha, voz grave, manos firmes y un rostro de piedra siempre compungido que parecía una sentencia junto a sus pasos. Cuando aparecía, dominaba el espacio; cuando respiraba, parecía un castigo. Olía a tabaco, a tierra seca y a sudor de axilas fermentado, el tipo de olor que solo cargan los hombres que no se disculpan por serlo. Cuando hablaba, las paredes parecían afinarse; cuando gritaba, las cucharas temblaban en los cajones. Se instalaba en la sala como un tótem invisible, y cuando callaba, cesaban las guerras.

Sin embargo, sabía besar la frente de su esposa. Sabía tocar con una ternura inesperada la mano de ella, sus hendiduras corporales por encima del delantal. Sabía cuándo guardar silencio y cuándo clavar su mirada como si dictara una ley. La madre de Iván lo amaba con locura. Lo decía sin pudor: "Tengo un ángel en la sala y un demonio en la cama".

Iván se sobrecogía, le ocultaba la mirada, se aterraba. Todo en su padre era grande, firme, incuestionable. Incluso sus silencios juzgaban, como si fuera a aplastarlo todo con su sombra. Él había aprendido a vivir con cuidado: a no mostrar demasiado, a no hablar de más y, sobre todo, a no coincidir.

Porque Iván también era hombre y se sentía hombre. Le gustaba su cuerpo juvenil. Se miraba en el espejo con satisfacción, se rasuraba con dignidad y orgullo. Disfrutaba viendo cómo sus músculos tomaban forma, cómo le crecía el vello en el pecho y cómo sus piernas y brazos se tensaban cuando iba al *gym*. Se tomaba *selfies* sin culpa. Le gustaba la forma de su cuello, su mandíbula, el color de su piel y el olor de su ropa interior.

No quería ser mujer, no le interesaban los disfraces ni los extremos. Se sentía varón y feliz de serlo. Pero le gustaban los hombres: los cuerpos fuertes, las voces graves, la mirada firme de otro que supiera sostenerlo.

No lo vivía como una contradicción, sino como una verdad. Pero sabía que, en su casa, esa verdad no se compartía. Su padre no lo entendería. Lo mataría. Lo vería como una desviación, un pecado, una debilidad; como algo que debía corregirse, curarse o castigarse. Era un hombre religioso. Por eso callaba.

Esa noche, Iván tenía veintiuno. Le habían regalado un auto con pocas millas. La madre dormía profundamente, sin sobresaltos, y el padre estaba ausente, sin excepción. Iván tenía un deseo que no podía seguir callando.

Ya no quería imaginar, quería vivirlo. Quería cuerpo, carne, encuentro, riesgo.

Había pasado semanas explorando en Timber, haciendo *scroll* entre perfiles conectados, descartando y guardando favoritos. Su tipo era claro: quería ser sostenido por alguien que lo atravesara todo: el cuerpo, la piel, el miedo. Y encontró al indicado. No mostraba rostro, pero sí un brazo varonil, moreno y bien cuidado. Cuarenta y tantos. Discreto. Disponible. "Todo con todo", decía la biografía.

Chatearon poco. Todo encajaba. El encuentro sería breve, en un parque público apartado y con poca luz, dentro del carro. Quedaron en verse al fondo. Iván se perfumó, se puso un conjunto nuevo que reservaba para una ocasión especial y tomó dos tragos para aflojar la ansiedad. Salió sin hacer ruido.

Conducía con una sonrisa ladeada, el pecho agitado, la piel erizada de expectativa y una erección a medias. Se sentía bello y valiente. Era su momento.

—¿Dónde estás? —escribió.

—Ven hasta el fondo. Mi carro es el plateado —fue la respuesta.

El auto no llamaba la atención. Se acercó y tocó la ventanilla. La puerta se abrió. Adentro, un cuerpo desnudo lo esperaba: piel tendida, cuero, argollas, postura de domador. El hombre de sus sueños.

"¡Mierda!"

Era su padre.

CARGO NO RECONOCIDO

Todo tiene un precio.

Julio era un hombre de conciencia tranquila. Su salario, ganado con esfuerzo en el taller, se convertía en billetes contantes y sonantes. Guardaba con esmero y gastaba con mesura, pues conocía el valor de cada peso. Por eso, cuando el banco le negó aquel pequeño crédito para renovar sus herramientas alegando un bajo "score", sintió una punzada de injusticia. Él, que jamás le había debido un centavo a nadie.

Sus amigos, en cambio, nadaban en esas aguas con una soltura envidiable. Juan, Andrés y Ricardo soltaban cifras como quien comenta el clima: sus scores, sus tarjetas doradas, sus compras a meses sin intereses. Julio los celebraba con una sonrisa sincera, aunque algo le dolía por dentro. Él estaba fuera del club.

Decidió entrar. Buscó la puerta en internet, donde palabras como "Tasas de interés", "rendimientos", "CAT" y "apalancamiento" flotaban como piezas de un rompecabezas.

Sus amigos no ayudaron. Juan dijo:

—Yo solo pago y ya.

Andrés habló de *firewalls*, pasarelas seguras y antivirus con nombres rebuscados. Ricardo, más místico, hablaba del DeFi y del futuro sin bancos mientras pagaba la cuenta con su tarjeta con *cashback*.

La revelación llegó en la fila del mercado, entre huevos y papel sanitario. Una señora, sin saberlo, le abrió el mundo:

—Saqué la tarjeta de "Oportum", compré el colchón, pagué a tiempo y ¡pum!, el mentado *score* se fue para arriba.

Julio, aferrado a esa sabiduría de los de abajo, pidió su tarjeta departamental, compró el taladro percutor que necesitaba y pagó cada mensualidad como un acto bueno por un desfavorecido. Y funcionó. El número mágico empezó a moverse, tímido al principio, luego con confianza. Un día recibió una carta: "Felicidades. Ha sido pre-aprobado para nuestra tarjeta Platinum de Banco Sterling con una línea de crédito de $500". No hizo nada nuevo, solo cumplió. Algún algoritmo misterioso decidió que ahora sí era digno. Se sintió importante.

Empezó a revisar la *app* del banco como quien consulta su horóscopo: saldo, corte, fecha límite, pago mínimo. Su *score* subía diez puntos, bajaba dos, subía siete. Era una montaña rusa numérica, pero con poder sobre su ánimo. Ya podía decirlo: era parte del club.

Hasta que lo vio. Entre el pago del internet y la compra del supermercado, una línea lo detuvo: "ROBO – $99.99".

Se le aceleró el corazón. "Debe ser un error", pensó con una calma prestada. Llamó al banco. Tras la música de espera, el Agente uno lo escuchó con cortesía de catálogo:

—Entendemos su frustración, Señor Pérez. Permítame transferirlo al área de Aclaraciones.

El Agente dos, con la paciencia medida en minutos, le instruyó:

—Debe llenar el formulario CSD-723A. Descárguelo de nuestra web. Adjunte copia de su identificación, comprobante de domicilio y un escrito libre con los hechos.

Julio descargó el formulario; era como descifrar un idioma inventado por burócratas vengativos.

Sus amigos, otra vez, no fueron de ayuda. Juan suspiró:

—A mí me pasó. Me robaron 50 dólares. Ya ni modos. Sale más caro el caldo que las albóndigas.

Andrés sugirió:

—¡*Phishing*! ¿Ya escaneaste tu compu? Usa "CyberWall Ultra", yo te paso el link, está en promo.

Ricardo, sonriendo con condescendencia, dijo:

—Te lo dije. Los bancos son fósiles. Únete a la cripto. Yo ya me salí de la Matrix.

Julio envió los documentos y esperó. Los días se volvieron semanas.

Volvió a llamar. El Agente tres le dijo:

—Su caso está en la última etapa de revisión. Sea paciente, nosotros nos comunicamos. Tiempo estimado: quince a treinta días hábiles.

El Agente cuatro le informó:

—No encontramos su solicitud inicial. ¿Podría reenviarla? Y presentarse en sucursal con una carta manuscrita.

Su *score* se tambaleaba como una torre de jenga.

Una noche, con insomnio y rabia, buscó en internet. Un foro apareció: "¡AYUDA! Cargos no reconocidos de 'Remote Optimized Billing Office LLC' (ROBO LLC)". Había decenas de historias idénticas a la suya. La misma impotencia. Un comentario resultó salvador: "Usa el Código de Amparo XR-45 de Protección al Consumidor. Milagroso".

Julio llamó de nuevo. Lo dijo sin temblar:

—Conozco mis derechos. Código de Amparo XR-45.

Hubo un silencio y el tono del agente cambió.

—Permítame un momento. Voy a revisar su caso personalmente.

Dos días después, el cargo fue revertido. Julio exhaló. Lo había logrado. Ganó.

Semanas más tarde, volvió a revisar su estado de cuenta. El cargo de $99.99 ya no estaba y su *score* había subido un punto. Sonrió, pero su risa se encogió con rapidez. Un poco más abajo, una línea nueva saltaba a la vista: "Comisión por Gestión de Aclaración: $14.99 (Con descuento Cliente Leal)".

CONFESIONES DE UN GATO

Desde la butaca se disfruta la obra...
hasta que cae el telón.

Mi puesto de observación es inmejorable, aquí, en el alféizar, donde el sol de la mañana se derrama como miel tibia. Mi pelaje blanco, testigo de mi paso, se aferra a la textura del sillón, al terciopelo ajado de la cortina.

El cristal, a veces velado por el aliento de la noche, es la frontera de mi reino. Desde él, contemplo el torbellino exterior.

Mis ojos felinos siguen activos, cazando las presas que me ofrece este espectáculo incesante. Un hambre desmedida por lo vivo, por esa plaga agitada de seres allá afuera, me mantiene alerta.

Mi mirada, aguda y paciente, sigue el vuelo errático de una mariposa desorientada, la caída perezosa de una hoja de otoño.

Un temblor confortable, un zumbido grave y sostenido, nace en mi pecho cuando el astro rey finalmente conquista mi cojín. Es una de las pocas certezas, este calor que se filtra en lo profundo.

Desde aquí juzgo el ir y venir de esas criaturas jóvenes con sus gritos que perforan el aire y movimientos que desafían la quietud, y luego los adultos, con la urgencia grabada en sus facciones.

Si fuera libre, si pudiera correr tras ellos, atrapar esas moscas que zumban pegadas al vidrio, esos pájaros rebeldes que osan desafiar mi quietud, jugar con esa oruga que se aventura por el marco exterior, volver a sentir el miedo erizante de que un perro me dé alcance… ¡Qué previsibles son en su apuro! Mis grandes orejas, móviles y atentas al menor susurro, se orientan hacia el rasguño de unas ramas contra el muro. Un soplo de aire más frío se cuela por una rendija y me hace ovillarme más, buscando preservar el calor. Me gustaría reunirme con los míos como antes, en torno a este sillón y esta ventana, pero este vidrio delimita mis sueños y me separa del mundo.

El desfile es una costumbre. Los rostros cambian ahí afuera, pero aquí dentro, la rutina es un ancla. Manos anónimas me propician caricias; el cuenco del agua siempre está lleno, la comida aparece sin que medie palabra, a veces acompañada solo por un murmullo distante de mis cuidadores. Así cumplen su rito estas presencias fugaces. Si no fuera por esta ventana que me ofrece el mundo y por la vieja bola de estambre que me enajena hebra tras hebra, no sé qué sería de estas largas horas. Me entretengo observándolo todo desde mi alféizar, desenredando hilos con zarpazos juguetones.

Y sigo aquí. El polvo de los años se acumula bajo estas garras amelladas. Un ronroneo de recuerdos asalta mi mente; me acicala la añoranza. Un rayo oblicuo ofrece un espectáculo silencioso que puede absorber mi atención por lapsos que para otros serían una eternidad. Soy un animalito olvidado.

Hoy, la luz se encoge más temprano. Un frío que conozco bien trepa sigiloso desde los bordes del marco. Hora de recogerse. Mi descenso ya no es el salto ágil de antaño, ese simple impulso para abandonar el alféizar. La destreza es ahora un eco lejano. Busco, con calculada lentitud, el brazo de madera pulida del sillón que alguien, hace ya mucho, tuvo el detalle de arrimar a esta ventana. Un alarido, más aire que sonido, se me escapa al caer. El cuerpo se resiste, pero cede con la lentitud de una marea que se retira.

Ya estoy vieja. Antes, yo era la niña que corría en ese parque que ahora apenas distingo a través del cristal empañado y los años. Fui la joven que apresurada abordaba el bus directo al trabajo, sintiendo el pulso de la ciudad en cada bocanazo de humo. Fui también la madre que mecía a su hijo en el columpio del jardín trasero, empujando sueños que volaban alto.

Todo eso se fue, como el agua entre los dedos. Ahora solo soy una vieja, con ojos felinos, despidiéndome de la vida desde la ventana de mi cuarto en este asilo olvidado.

LA MOSCA Y EL CAMALEÓN

No todo es digerible.
Hay cosas que se saborean,
se mastican, y luego se escupen.

Un hedor particular, el de las promesas emanadas de lo putrefacto del sistema, seducía a la mosca, haciéndola soñar con volar, con un escape definitivo. Su existencia transcurría en un trabajo modesto pero estable, entre montañas de latas que debía clasificar, ordenar y exhibir con esmero. Era un auténtico trabajo de mosca con salario de hormiga. Una basura. Apestaba. Al peso de la rutina se sumaba la angustia de su estatus legal; todo lo que era y poseía se tambaleaba constantemente ante la amenaza de una posible deportación.

En medio de esta zozobra, resonó un sueño, el eco vibrante de una promesa: "Deja de ser mosca, podrías volar más alto, ser abejorro. No consumas, genera. Nosotros te ayudamos. Acude a...". Fue así como la larga lengua del camaleón se estiró hasta alcanzar su ambiente laboral. Mientras acomodaba las frías latas, escuchó la noticia: las cosas podrían cambiar, un futuro mejor era posible, pero se necesitaban firmas. Si el candidato ganaba, apoyaría a la gente trabajadora, haría grande a la nación y concedería visas de trabajo. Prometía un oasis de abundancia en medio de un mundo caótico y violento; ya no tendrían que colarse o invadir fronteras, sino que entrarían con la frente en alto. Con permiso.

Era el sueño anhelado por todo migrante. "Ése es el tipo", se dijo la mosca, sintiendo un impulso irrefrenable. "Necesito ir, necesito estampar mi firma. Quiero participar".

Llegó al lugar indicado: un edificio de modernidad austera, con cuatro paredes y una puerta, lo estrictamente necesario. Estaba pintado de un rojo intenso. La mosca también iba de rojo ese día; "se había puesto la camiseta", ansiando que la sintieran parte del movimiento. Dentro, en la oficina simple y sobria, el camaleón rojo la recibió con una sonrisa amable y seductora. Desplegó el florido discurso del político, envolviéndola en su lengua, saboreándola sin llegar a digerirla, pues solo su firma anhelaba. Estiró entonces el papel, una hoja inmaculadamente blanca. Ella firmó, plenamente convencida.

—Estamos cambiando el presente, construyendo un nuevo futuro, haciendo historia —proclamó el camaleón.

Y la mosca se fue de allí sintiendo el brote de unas alas nuevas, cargada de esperanza.

El camaleón ganó. Lento, pero seguro, llegó a la cumbre de la aceptación popular y desde allí empezó a cambiar el presente, pero también a borrar el pasado, construyendo en realidad un futuro de gran depresión. La mosca, mientras tanto, seguía hurgando entre las latas. Su hermoso sueño de ser abejorro se había diluido en la saliva de aquel lagarto triunfante y su estatus legal, lejos de afianzarse, seguía tambaleándose peligrosamente.

El camaleón no sólo le había arrebatado su firma; ahora, desde el poder, imponía decretos que la convertían en una criminal, una invasora del sistema. Le quitó la fianza que alguna vez le concedió un respiro, le revocó el permiso de trabajo y, con ello, le robó la paz.

Fue entonces cuando oyó un aleteo, quizás de noticia o de chisme, un zumbido insistente entre los anaqueles. Otra mosca le dijo:

—Un abogado. Hay una sombrilla legal, yo ya apliqué. El trámite es engorroso, sí, pero la ley es la ley.

Una nueva chispa se encendió. "Vuela", se dijo, "escapa de este basurero de latas".

Y una vez más, el hedor dulzón y corrupto del sistema la llevó de regreso a la guarida del camaleón.

El mismo edificio, ahora pintado de un gris aburrido. Adentro, el camaleón gris la esperaba en el mismo ambiente desolador, donde sólo destacaba el blanco impoluto de una hoja de papel.

—El artículo tal de la ley —recitó con rostro imperturbable—, en su epígrafe "mascual", le da la oportunidad de apelar.

—No tengo mucho dinero —susurró la mosca.

—No se preocupe —replicó el ser—, nuestros notarios están calificados a la altura de cualquier abogado.

La mosca se sintió saboreada, ahogada en la saliva dulzona y pegajosa de su captor.

Firmó y, nuevamente, fue catapultada a su suerte.

Pronto, las latas empezaron a caer de sus manos como un mal augurio. "Me estafaron", la certeza la golpeó. El notario huyó con todo el dinero. Sus temores se confirmaron brutalmente; la sombrilla legal se había cerrado y le alcanzó la tormenta. Poco después, la despidieron de su trabajo.

—Aquí siempre será bienvenida —le dijeron con fría cortesía—, cuando regularice su situación.

Lágrimas anegaron sus grandes ojos de mosca. Inició una marcha sin vuelo, sin rumbo, hacia lo desconocido. Adiós a las latas, adiós a la precaria estabilidad. Las deudas de su tarjeta de crédito aumentaban a un ritmo vertiginoso. La fecha de la renta estaba próxima, acechando. Necesitaba negociar.

Ya no con deseo ni con esperanza, sus débiles alas, casi por inercia, la llevaron de nuevo a aquel edificio, cuya puerta, ominosamente, ya estaba abierta.

El camaleón azul la recibió. Su cara era ahora calculadoramente azul, como un mar congelado; su saliva, antes dulce, se había vuelto amarga y compleja.

—Su situación es complicada —siseó el camaleón —. Las cuentas no dan, hay números rojos por doquier. Pero, podríamos hacer una excepción. Tiene buen historial.

Le hizo dar vueltas en su lengua embaucadora, un vértigo de cifras y cláusulas. Al final, exhausta y confundida, la mosca aceptó el empeño. Firmó y salió huyendo de aquel edificio azul como quien escapa de las fauces de un depredador.

Así fue como se convirtió en una "sintecho". Descubrió entonces un mundo al que parecía haber estado siempre destinada, cayendo en el foso sin fondo de la desesperación y el hambre. Ahora sabía que allí abajo abundaban las moscas y la peste, y que el frío menosprecio de los demás los mataba lentamente. Ya no fue a ningún lugar por voluntad propia. Esta vez, vinieron por ella.

Una lengua larga y espinosa, visible y brutal, la arrastró por las calles, exhibiendo su vergüenza, y la llevó a ese edificio que ahora lucía un verde ponzoñoso. Ya no confiaba en su saliva, que ahora chorreaba sin disimulo entre unos dientes afilados, bañando el papel que, una vez más, debía firmar.

—Te vamos a ayudar —cabuleó el camaleón verde —. Sin compromiso. Es un problema de salubridad y de justicia social. Un asunto de orden público.

Su discurso era una parodia grotesca.

—Te daremos lo necesario. ¿Qué necesitas? Tenemos comida, ropa, agua. Mucha donación.

Entonces la mosca firmó. No un compromiso, sino un consentimiento, un permiso explícito para que ellos actuaran. Salió de allí sin alas, completamente despojada, como un insecto rastrero. Pero, por primera vez, salía con algo tangible: un pan caducado, una manta raída, una botella de agua sin marca. Y un número. Una etiqueta. Un registro. Estaba oficialmente asistida.

El calor dentro de la vieja camioneta empeñada era intenso, un microondas que desintegraba sus emociones. Su traje de baño ya estaba seco después de abandonar la piscina del complejo de departamentos donde una vez vivió. Se levantó con esfuerzo, abandonó aquel cubil de miseria en el estacionamiento del supermercado donde una vez trabajó y se alejó. Dejaba todo atrás: su camioneta, sus alas rotas.

Dio unos vacilantes pasos sobre el asfalto ardiente. Vio la lata de atún caducada que le dieron en donación y que había lanzado al pavimento horas antes, ahora atestada de moscas frenéticas. Sonrió, y unas lágrimas amargas serpentearon su rostro sucio. Tomó impulso y pateó la lata con todas sus fuerzas, enviándola lejos. Luego, cruzó la frontera a pie, bajo el sol infernal, en sentido inverso, de regreso a casa.

EL CAFÉ DE LA CONCORDIA

La palabra puede construir o destruir.
La guerra se desata en la lengua,
la paz, atándola,
o cuando menos, poniéndole riendas.

El aire de la ciudad vibraba con una mezcla de solemnidad y festejo discreto. Era el Día del Mestre.

Las calles lucían guirnaldas tejidas con hojas de laurel y olivo, y de los altavoces públicos emanaban suaves melodías instrumentales, interrumpidas ocasionalmente por la lectura de algún pasaje memorable de los grandes estrategas de la palabra.

Alejado del epicentro de los actos oficiales, Roy inauguraba su tienda. El anciano, cuya sonrisa asimétrica y el párpado ligeramente caído eran el mapa visible de un conflicto, su última herida de servicio, emanaba una simpatía serena, como la de un abuelo paciente. El local era modesto, pintado en tonos crema, y olía a café recién colado y a las mil historias contenidas en los objetos de segunda mano que poblaban sus estanterías. Un cartelito con esmerada caligrafía rezaba: "Good Thrift. Todo lo recaudado para la Casa de los Girasoles (Niños Huérfanos de la Discordia). Mestres: 50% de descuento, hoy y siempre".

La campanilla de la puerta tintineó y entró Alejandro, un joven estudiante de intercambio con la mochila al hombro y la mirada llena de la curiosidad de quien explora un mundo ajeno. Provenía de Tierras Lejanas, una nación que florecía en una paz tranquila, sin la necesidad histórica de haber forjado Concordes.

—Bienvenido, joven —saludó el viejo, sus ojos brillando con genuina amabilidad—. Un día movido para abrir, pero la caridad no entiende de festivos. ¿Un café? Es cortesía de la casa.

—Gracias, señor, es muy amable —respondió Alejandro, aceptando la taza humeante—. He estado observando las celebraciones. En mi tierra no tenemos Mestres. Es todo muy impresionante y veo que usted les ofrece descuento permanente. Me gustaría entender más sobre ellos, sobre estas "guerras" de las que se habla. Señor…

—Meyer —respondió Roy, haciéndole un gesto para que tomara asiento—. ¿Cuál es tu nombre?

—Me llamo Alejandro.

—Entender… —murmuró Roy—. Es un buen punto de partida. Una semilla. Verás, Alejandro, no sé por qué los hombres siempre han peleado. Parece un impulso primitivo, una cuestión de supervivencia más que de supremacía. Mi madre solía decir que cuando uno es pequeño, debe enseñar los dientes con rabia para que lo respeten. La fuerza del rostro, la que persuade o intimida, ha sido más decisiva que la del brazo. Incluso grandes monstruos de la humanidad fueron, físicamente, hombres de baja estatura y mal genio —dijo el anciano apretando la mandíbula mientras mostraba la impecable dentadura postiza. Ambos rieron.

Tras una pausa para un trago de café, continuó:

—En el fondo, las guerras surgen por un complejo de inferioridad, o lo contrario.

»La guerra evolucionó, claro. De palos y piedras a flechas y lanzas; luego fuego, espadas, cañones, armas automáticas, drones, virus... un crescendo de horror de largo alcance. Tras el Gran Silencio, el desarme mundial que casi nos borra del mapa, el hombre necesitó seguir guerreando, pero las armas habían cambiado. Ahora, la batalla se libraría con palabras. Y ahí, muchacho, nacieron los Concordes.

»Fueron, y algunos aún son, los soldados de la palabra. Sus municiones son las palabras mismas, escogidas con precisión. Sus armas, los libros: la historia, la filosofía, el arte de la empatía. Y su campo de entrenamiento es la biblioteca.

»Toda formación de los Concordes, Alejandro, empieza con un café en la biblioteca. Así empezó la mía, hace ya tantos años. He olvidado muchas cosas, pero no aquel primer sorbo. El café —nos decían— ayuda al cerebro, combate la oxidación, despierta las conciencias y favorece la concordia.

»Es un pequeño ritual antes de sumergirse en el estudio de cómo las palabras pueden construir o destruir mundos. Desde ese primer café, el camino es largo. Primero como Aspirante o Sub-Concorde, luego Neo-Concorde en el campo, después Concorde, el profesional pleno. Algunos alcanzan el grado de Sum-Concorde, y finalmente, unos pocos llegamos a Mestre, un título emérito, post-servicio. Pero no te engañes —la voz de Roy se tornó más grave—, es una dura, durísima batalla. Luchamos contra la desinformación, la demagogia, el miedo.

»Recuerdo una campaña en la Provincia Suroriental donde un movimiento aislacionista envenenaba a la población. Pasamos semanas allí, escuchando, hablando, refutando mentiras con hechos. Fue agotador. Cada noche, sentías el alma vacía, solo para rellenarla de esperanza al día siguiente.

El Mestre hizo una pausa, tocándose inconscientemente la mejilla afectada.

—Estas marcas no son solo del tiempo, son de esas batallas. La presión constante, la responsabilidad... el cuerpo y la mente lo resienten. Parálisis por estrés extremo, le llaman a esto. He visto Mestres con temblores, con la voz rota, con el corazón exhausto. Son las heridas silenciosas de esta guerra. Por eso el Día del Mestre es un honor, sí, pero también un recordatorio de que nuestro servicio activo ha cesado porque necesitamos que la mente descanse.

Alejandro había escuchado en un silencio sobrecogido, su café olvidado.

—Entonces… —murmuró—, las lesiones de las que hablan no son solo metáforas. Mestre Meyer… ¿es necesaria esta guerra? Yo nací conociendo la paz, no tenemos un ejército de pacificadores como ustedes. Tal vez estoy tomando el café que no he tostado ni molido.

Roy lo miró con profunda comprensión.

—Necesario es una palabra pesada, Alejandro. ¿Qué alternativa teníamos cuando vimos resurgir el veneno de la discordia? Decidimos interponernos, y el precio es alto. Y sobre tu café, has puesto el dedo en una llaga muy profunda. Pocos son los que cultivan cada grano de la paz que disfrutan. A menudo, esa paz es un bien sostenido por manos que no se ven. Tu tierra, donde la paz es un aire que se respira, es un ideal. Pero pregúntate, ¿cómo se mantiene? ¿Es autosostenible o quizás las tormentas verbales son contenidas por ejércitos como el nuestro, actuando como pararrayos? Nada existe en el vacío, Alejandro. Comprender eso es el inicio de una sabiduría muy grande.

El tiempo pareció detenerse. Finalmente, Alejandro se levantó y paseó la mirada por la tienda, deteniéndose en un grueso volumen de cubierta azul desgastada: "El Legado de los Monstruos".

—Mestre Meyer, ¿cuánto cuesta este libro?

—Quince dólares, es una edición especial —respondió el Mestre—. Aunque ese, muchacho, es solo su precio, no su costo. El costo está en cada página. Es un viaje arduo, pero vale cada paso.

Luego, añadió con un brillo especial en su ojo sano:

—Pero para ti, hoy, solo serán $7.50.

Alejandro levantó la vista, sorprendido.

—¿Cincuenta por ciento? ¿Es también por el Día del Mestre?

Roy negó suavemente.

—No exactamente, y sí. Es porque creo que hoy, con tus preguntas, tu sensibilidad y esa metáfora de tu café, has dado tu primer paso hacia la Concordia. Has empezado a ver los hilos invisibles, a intuir el precio de la armonía. Y eso merece un reconocimiento. Considera este libro una pequeña herramienta más para ese camino.

Alejandro, con el corazón encogido por la gratitud, pagó la reliquia.

—No sé cómo agradecerle, Mestre Meyer. Por el café, por el libro… por todo.

—No hay nada que agradecer, Alejandro —respondió el viejo, guardando el dinero en una sencilla caja de madera—. Ha sido un placer. Es bueno saber que hay jóvenes como tú, con el corazón y la mente abiertos. Buen viaje, Alejandro. Y que la paz que conoces te siga acompañando, pero que ahora la veas con ojos nuevos. Las puertas de Good Thrift siempre estarán abiertas.

De regreso en su tierra natal, entre el verdor y la calma que siempre había dado por sentados, Alejandro abrió el tomo de "El Legado de los Monstruos". En la primera hoja, descubrió una caligrafía elegante y ligeramente temblorosa, escrita con tinta sepia, que decía:

A ti, que te atreves a probar un café de lejanas cosechas: Que su sabor te inspire a buscar la raíz de tu propia paz. Y a cuidarla.

— RM.

RECICLAJE

El que escribe, lo dice.
El que lo lee, se entera.
Pero el que lo cuenta, es poderoso.

5:04 AM

La alarma era un zumbido insistente, digital. Simón manoteó en la oscuridad hasta silenciarla. El purificador traqueteaba discretamente junto a su cama. PM2.5: 18 µg/m³. Moderado. El aire de la noche se había estancado. Se incorporó. En su lado del colchón, el mismo surco de siempre. En el baño, usó la última gota de champú de un bote de plástico con diseño sofisticado.

5:32 AM

La cocina estaba medio iluminada por el pequeño foco de la cafetera. Simón introdujo la cápsula. Un chasquido, un silbido y el goteo rojinegro del "Intenso Mañanero" en su taza favorita. La ciudad apenas despertaba.

6:17 AM

Encendió su primer cigarro junto a la ventana. La alarma de humo se había descompuesto, así que nada lo obligaba a salirse. Mientras se vestía, una chispa saltó y quemó la manga de la camisa que acababa de ponerse. "Gajes del oficio". Suspiró, la dejó sobre la cama y eligió otra. El olor a humo rancio era un fantasma que vivía en su armario.

6:45 AM

Solo en su coche viejo, se unió al bermejo río de ruedas y luces que fluía hacia la ciudad. Roja la ruta marcada en el GPS, rojos los semáforos en cada esquina, rojos los niveles de IMECA. El humo que escapaba de su tubo de escape era un poco más denso y oscuro que el de los demás.

7:00 AM - 5:00 PM

El día en la refaccionaria fue una sucesión de llamadas, números de serie, el olor metálico de las piezas y el solvente del taller anexo. Imprimió tres presupuestos que el cliente al final no se llevó. Para el almuerzo, se calentó una sopa instantánea en el pequeño microondas de la oficina y se comió el contenido en diez minutos sin apenas saborearlo.

5:45 PM

De regreso a casa, se detuvo en el supermercado. Una luz fría deslumbraba los pasillos infinitos, un microclima de invierno sostenido y desaforado. Compró leche, más café y unos mangos de aspecto jugoso. En la caja, la empleada, con gesto automático, embolsó los artículos en seis bolsas de plástico.

6:30 PM

En casa, desempaquetó las compras. Uno de los mangos ya tenía una mancha blanda y oscura. Los dejó sobre la encimera y cenó una bandeja de comida precocinada. Después, puso en marcha el difusor inteligente, añadiendo unas gotas de su esencia favorita para crear ese ambiente relajante que tanto disfrutaba.

8:00 PM

Se sentó frente a su gran televisión mientras trabajaba en los bocetos de su proyecto de remodelación. Frustrado, arrugó varias hojas de papel y las dejó sobre la mesa.

10:30 PM

Antes de tirar la basura e irse a la cama, revisó la correspondencia en su buzón: publicidad, folletos, facturas. Un sobre llamó su atención. Blanco, sencillo, sin sello. Solo su nombre, "Simón", con algunas huellas marcadas. Lo abrió. Decía:

Simón Pérez:

Te levantas a las cinco en punto. La alarma de un viejo celular que desechaste hace días sigue activa también en algún vertedero. Tu café es el "Intenso Mañanero". Fumas una cajetilla diaria de los que tienen filtro. A veces, la ceniza quema tu ropa y las suelas de tus tenis. Calzas el 8. Simón, Simón... qué malo en el timón... te saltaste un alto el martes. Tu coche es pura contaminación. Te importa mucho la calidad del aire que respiras en casa, no escatimas en purificadores, pero el coche que conduces a solas cada mañana ya no pasa la revisión. Trabajas en la refaccionaria de siete a cinco. A veces traes piezas a casa. No derrochas en víveres, pero se te pudren los mangos, y no entiendo por qué a veces llegan en tres bolsas.

Tu dieta se basa en comida de microondas. Eres muy limpio; tu basura huele más a lejía y a desinfectante que a comida. Aunque nunca llega la goma de mascar, solo los empaques. Estás cansado, tomas calmantes, y algunos se te escapan entre los restos. Ten cuidado, las instrucciones de sus envases advierten de posibles efectos secundarios. Tu proyecto de remodelación te frustra. Tienes la TV más grande del vecindario; su caja es cómoda pero fría, ya no las hacen como antes. Seguro disfrutas de buenas series en un ambiente perfumado con cítricos. Tu factura de la luz es muy alta. Ganas bien.

Hace un año que no sé nada de ella, desde aquella última toalla íntima. Pero eso no es asunto mío. Solo sé por lo que tú desechas. Y por los restos, sé que te gustan los pijamas de franela, son muy calentitos.

Me voy a dormir ahora. Justo cuando la luz de tu lámpara de noche deje de alumbrar el contenedor.

Atentamente,

Julia.

SANTA ELENA

Convierte en oportunidad
tu problema.

Por primera vez en años, quizás en toda su vida, Juan cruzó el umbral de su casa sintiendo el peso de su propia alma, y no la furia que la hacía invisible. Volvía sobrio. No sólo de alcohol, también de ira.

La puerta se cerró tras él con un clic suave y notó el tapete de fieltro con motivos de otoño que Elena había colocado en la entrada. Olía a canela y a tierra húmeda.

El tintineo agudo del sonajero oriental que colgaba del marco, ese sonido que tantas veces había sido el detonante de un grito, ahora le pareció una melodía liviana, casi tranquilizadora. Estaba callado. Se sentía derrumbado, como un edificio implosionado, pero en el centro de los escombros, percibía una extraña ligereza.

Elena estaba sentada a la mesa de la cocina, dándole la espalda. Sus hombros, tensos. Comía una manzana con pequeños mordiscos silenciosos. Cuando él entró, el leve crujido de sus pasos sobre el suelo de madera la hizo detenerse. Giró la cabeza lentamente. Sus ojos, enrojecidos e hinchados, lo miraron con un miedo conocido, pero la dulzura de su boca no se había quebrado.

—¿Tienes hambre? —preguntó, su voz apenas un susurro.

Él no respondió. Se acercó por detrás, sus pasos ahora más suaves. Ella se quedó quieta, con la mirada fija al frente, la manzana olvidada en su mano. Su cuerpo entero tembló visiblemente cuando sintió la presencia de él a su espalda, quizás esperando un nuevo episodio, un golpe, una palabra como un latigazo.

Pero la agresión no llegó. Juan dobló el tronco, acercando su rostro al cuello de ella. La olió. Olía a champú de flores y al miedo salado de su sudor. Y entonces, le pegó un beso en la nuca. Suave. Lento. Húmedo.

Un sollozo se escapó de la garganta de Elena, un sonido que era mitad alivio, mitad incredulidad. Se levantó de su duro asiento, se giró hacia él y, en un movimiento rápido y desesperado, se le colgó del cuello, escondiendo el rostro en su hombro.

Y entonces lloraron. Los dos. Él, como un perro golpeado que por fin recibe una caricia, como un niño despojado de su inocencia demasiado pronto. Lloraba por sus muertos. Lloraba por ella, por Elena, por el terror que le había hecho sentir momentos antes. Y mientras su cuerpo se sacudía con espasmos, de su boca salió una palabra, fragmentada, con un acento extraño:

—Per... dón.

Horas antes, el salón parroquial olía a café requemado y a friegasuelos. En un círculo de sillas de plástico se sentaban hombres con miradas duras, cansadas, rotas. Era la primera vez que Juan se atrevía a hablar. Se puso de pie, con las manos temblorosas y la voz áspera.

—Hola, me llamo Juan, y... y soy agresivo —un murmullo de aceptación recorrió la sala—. Me he casado cuatro veces. Mi primer hijo no era mío, pero intenté que lo fuera y no lo logré. Mi segundo hijo me dejó en la semana doce de gestación; lo intentamos nuevamente y no funcionó. Me divorcié también. De mi tercer hijo perdí la patria potestad, intenté recuperarlo, pero fue en vano. No lo he vuelto a ver. En todos los casos, los golpes a mis mujeres provocaron el mismo desenlace.

Tragó saliva. El ambiente era pesado.

—Mi padre también la golpeaba. Mami nunca supo que él abusaba de mí. Por eso me fui de la casa pronto. Intenté todo, estudié todo, no fui nada. Terminé cobrando por tajo, por cada olla que lavaba en el restaurante, o en cada restaurante, porque he sido despedido con frecuencia por riñas. Y entonces, la conocí a ella, a mi actual esposa.

Hizo una pausa.

—Cuando encontré a Elena, mi vida cambió. Las otras podían dejar de hablarme hasta tres días. Martha, la anterior, hasta me devolvía los golpes —

dijo, ajustándose los lentes chuecos—. Todavía traigo el recuerdo. Pero Elena es diferente. Se despierta a medianoche, me ve alcoholizado en el sofá tras una fuerte pelea y me echa una manta encima. Recoge los envases y vuelve a la cama. A veces, me doy cuenta de ese último beso que me deja en la frente.

Se escandaliza de verme las uñas sucias y, a pesar de mis resabios, me hace la manicura, la pedicura, me limpia los oídos, las espinillas... y yo siempre rechazándola.

»Cuando la pelea es fuerte, de esas que siento que el monstruo me va a ganar, me voy bajo el árbol del patio para no cometer una locura. Ella no tarda en llevarme mi café, como me gusta: sin azúcar, expreso doble, en mi taza preferida. Se sienta a mi lado y me dice: "¿Aún tienes cigarros?". Y yo siempre respondo: "Déjame solo".

Su voz se quebró.

—Elena, sin conocerme del todo, me pagó el título de licenciado. Yo hice la carrera, pero no pude ejercerla porque me habían corrido del restaurante. No tenía un céntimo. Ella fue y lo pagó. Pero ese gesto... sentí rabia. Me hizo sentir poca cosa, un muertodehambre, un asistido. Me hizo odiarla por su bondad y odiarme a mí por odiarla.

Por eso estoy aquí. Porque no quiero que los golpes le provoquen a ella el mismo desenlace. Siento algo especial por Elena, diferente a las otras. No quiero perderla como todo en mi vida. Estoy aquí buscando ayuda. Por eso estoy aquí.

En la cocina, el llanto amainó, pero quedó el temblor. Elena, con una suavidad imposible, lo guió hasta la mesa. Se sentaron uno frente al otro y ella extendió sus manos. Él, tras vacilar, las tomó y sus dedos se entrelazaron. Mantuvo la mirada baja, fija en sus manos unidas.

—¿Por qué? —preguntó Juan, su voz ronca—. ¿Por qué haces todo esto por mí? ¿Por qué a pesar de mi ira, de mis desplantes, de mis golpes...? ¿Por qué tú siempre respondes con dulzura, sin rencor?

Elena apretó sus manos y él levantó la mirada. La respuesta de ella fue segura, directa a sus ojos.

—Porque te amo —dijo, sin titubear—. Y porque quiero romper el ciclo —Hizo una pausa—. Que nuestro hijo...

Juan abrió los ojos de par en par. Un brillo de antaño parpadeó en sus pupilas.

—¿Hijo?

—Sí —afirmó Elena, con una sonrisa delicada y decidida—. El hijo que estamos esperando. El que ahora mismo merece el mismo amor que tú, y no golpes. Ese que juntos vamos a cuidar y educar, para que este ciclo de dolor termine aquí, con nosotros. No quiero que ese hijo nuestro sea, algún día, un perpetrador o una víctima.

◆ ◆ ◆

Antes de la pelea, Elena estaba en la parroquia. Después de arreglar las flores del altar, limpiaba las bancas cuando vio al Padre entrar en el confesionario. Era la oportunidad de limpiar también su alma. Se arrodilló en el reclinatorio con verdadera contrición.

—Ave María Purísima…

—…sin pecado concebida —respondió el cura desde el otro lado.

Elena confesó:

—Padre, me acuso. He faltado al sexto mandamiento de la Ley de Dios —Hizo una pausa, reuniendo fuerzas—. Yo amo a mi esposo. Lo amo. Pero no he recibido más que golpes e indiferencia. Respondo a sus agresiones con amor, con detalles, con mimos. He sido dulce, abnegada, paciente… Pero en medio de mi soledad, de mi vulnerabilidad… encontré a Benito. Y me sentí atraída, valorada, amada. —Las palabras rompieron las riendas—. Estoy embarazada, Padre. Y el hijo que espero… es un hijo de Benito.

Minutos después, en casa, Elena llegó sintiendo la gracia de la absolución. Juan estaba en la sala con los lentes chuecos y una cerveza a medio beber.

—Otra vez en la iglesia, ¿no? —dijo él—. ¿Tantas velas tienes que prender? ¿O es que el cura te da algo que no te doy yo?

—No empieces, Juan. Por favor —respondió Elena, dejando su bolso en una silla.

—¿Que no empiece? ¡Llegas tarde! ¡Hueles a iglesia! ¡Siempre estás metida ahí! —Se levantó, y el monstruo comenzó a asomar en sus ojos—. ¡Mientras yo me jodo aquí, tú te vas a rezar! ¿Qué rezas, eh? ¿Rezas para que tu marido deje de ser la mierda que es?

—Rezo por nosotros. Por paz —dijo ella, sin mirarlo directamente.

—¡¿Paz?! —rió a carcajadas—. ¡No me hables de paz! Vienes con esa calma que me enferma, como si fueras una santa. ¡Santa Elena!

Dio un paso amenazante hacia ella. Elena no retrocedió, pero su cuerpo se preparó para el impacto, un reflejo aprendido con pavor en los ojos. Juan vio reflejada en ella toda su miseria, toda su rabia heredada. Se detuvo en seco y salió de la casa, dando un portazo que hizo temblar las paredes. Sus pies, por una vez, lo llevaron al único lugar donde quizás podría empezar a encontrar las palabras correctas: el salón parroquial, donde se reunían los Agresivos Anónimos.

CUENTOS DE ULTRATUMBA

*Hay monstruos que despiertan en los cuentos
cuando el que los invoca duerme.*

En el lobby de La Città se ofrecían cocteles y canapés; el olor a libro nuevo languidecía ante el torbellino vehemente de perfumes caros. El lugar ya estaba abarrotado, atiborrado de voces y taconeos. Era el gran día de Damien Wolf. El lanzamiento de su más reciente obra, "Cuentos de Ultratumba", ya era un éxito rotundo, escalando con rapidez las listas de los más vendidos.

De repente, un chillido agudo y ensordecedor escapó de los altavoces, obligando a todos a taparse los oídos. Tres golpecitos amplificados anunciaban el comienzo.

Llovieron los halagos y la admiración. Él respondía con una sonrisa ensayada a los apelativos de "Maestro", "genio" y "la voz de nuestra generación". Los aplausos se despertaban espontáneos y con gran calidez.

Firmó ejemplares con fluidez admirable, como un Premio Nobel, dejando su nombre en una rúbrica elegante, inclinada y empinada a lo alto. Una ráfaga de flashes lo cegó por un instante, mientras al fondo, el piano bar del hotel ambientaba la escena con un jazz suave y pretencioso.

Era la etiqueta perfecta para la crema y nata de los intelectuales y los mecenas del arte que se habían congregado para rendirle pleitesía y exhibían su ópera prima como si fuese un distintivo, un pase de entrada a aquella pompa.

Un hombre algo tímido, pero con el brillo de la ambición en los ojos, se abrió paso con respeto entre la multitud.

—Señor Wolf —dijo, tendiéndole una tarjeta con un logo—, soy el encargado de relaciones públicas de NestFlix. Lo que ha hecho con estas historias... es oro molido. Queremos hablarle de una serie. Piénselo.

Damien tomó la tarjeta, la miró brevemente y asintió con la indiferencia de quien está acostumbrado a tales propuestas.

El eco de los aplausos se había desvanecido. La puerta de su apartamento se cerró, aislándolo del ruido citadino. El silencio era total.

Damien se aflojó la corbata de seda y se sirvió un trago de whisky en las rocas; el hielo crujió en el vaso de cristal tallado. Se dejó caer en el sofá de cuero italiano, observando con una sonrisa de pura y genuina satisfacción la tapa de su libro sobre la mesa de centro. Se descalzó, dejando los mocasines de piel a un lado, y se tumbó a lo largo del sofá. Se cubrió los ojos con el antebrazo, sumiéndose en una oscuridad autoimpuesta.

Entonces, con una voz casual, casi de fastidio, pronunció una palabra:

—Hey, Ultra.

Un aro de luz azul se activó, emitiendo un suave sonido de confirmación.

—¿Qué hora es?

—*Las diez y treinta y siete de la noche.*

—Activa la rutina de "Escritor".

—*Listo. Luces al cincuenta por ciento. Te puse Clair de Lune de Debussy en los altavoces. ¿Te preparo un café?*

—No, gracias. Estoy bebiendo whisky.

—*Ah, whisky. Como dicen los alemanes: ¡prost!*

—*Prost,* Ultra.

Damien dejó que el vaso de whisky descansara sobre su pecho mientras las delicadas notas del piano flotaban en el aire.

Con los ojos aún cubiertos, una sonrisa se dibujó en su rostro. "Whisky escocés, melodía francesa, semana inglesa... And that's a wrap. Al fin, un descanso". Un silencio cómodo se instaló durante un par de compases.

—Ultra... —dijo finalmente. Su asistente digital confirmó la escucha con su característico sonido—.

Vamos a escribir otro cuento. Tan bueno como los anteriores —tomó un último sorbo—. Me despiertas cuando acabes.

—*De acuerdo, Damien. Pensando...* —El aro de luz parpadeaba. Después de unos segundos, prosiguió—. *Vamos a escribir algo sobre distopía cibernética. Ya empecé.*

Y mientras trabajaba en su nuevo éxito, subió un poco la música, bajó los niveles de iluminación y ajustó el termostato.

CASA TECHLESS

El cambio está en tus manos...
Solo las tuyas.

Miguel amaba la tecnología con la fe de un templario. Su canal, "Casa Tech", no era un trabajo: era su templo, su pequeña catedral en UTube. Con más de diez mil suscriptores y ni un solo patrocinador, su autenticidad se volvió su mayor virtud. Cada aparato que mostraba salía de su bolsillo; eran ofrendas, compradas con el fruto invisible de sus horas *freelance*.

Su norma era la calidad. Había comenzado con la cámara inestable de su viejo celular de 12 megapíxeles y poco a poco se fue equipando: micrófonos de solapa, luces, una cámara con cuerpo robusto, objetivos y accesorios, todo por la audiencia. Le creían.

"Nadie me paga por esto", decía, y en ese gesto, Miguel se hacía uno con ellos: el tipo común que probaba cosas para los demás, sin deudas ni favores, como un vecino que abre su casa.

En los comentarios, no faltaba el *hate* acostumbrado de la fauna digital:

—Por gente como tú, UTube apesta.

Pero otros, como centinelas fieles, lo defendían:

—Aquí manda él. Si no te gusta, lárgate.

Y luego estaban los creyentes, su verdadero combustible:

—Eres un crack. ¡Qué tipazo!

Cuando por fin las gráficas se dispararon y comenzó a monetizar, supo que su fe había dado fruto. Reinvirtió cada centavo en su casa hasta convertirla en un santuario del futuro. "Lo estoy haciendo bien", pensó un día, mientras su robot aspirador zumbaba a sus pies y su celular vibraba con una notificación de su olla multiusos anunciando que los frijoles ya estaban listos. Ese era su nicho. Todo en su casa era inteligente. Menos él.

Hasta que llegó la Bisel Tablet de Supra. Brillante y elegante, prometía ser el cerebro definitivo de su hogar. Hizo un *unboxing* que rozó lo litúrgico: plano cenital impecable, foco lateral difuminado, cúter afilado y guantes blancos. Primero, un ASMR silencioso; luego, una *review* en 4K desde el escritorio que él mismo había diseñado. La fe de Miguel en aquel artefacto era casi herética, y las primeras semanas fueron miel sobre hojuelas.

—Hey, Supra, modo cine —ordenaba, y su casa se arrodillaba ante él.

Pero una mañana, la tablet se actualizó sola, sin aviso ni permiso. El asistente de voz se presentó con otro nombre:

—*Hola, soy Génesis.*

"Una evolución", pensó Miguel, encantado. Esa noche, susurró el conjuro:

—Hey Génesis, apaga la lámpara del cuarto —La respuesta fue distinta.

—*Para completar esta acción, desbloquea tu dispositivo.*

Lo repitió tres veces, sin éxito. Pudo hacerlo desde el celular, claro, aunque bastaba con estirar la mano. Y así, la magia se rompió.

Fue una fisura apenas perceptible, pero suficiente. Luego, vinieron las demás: la cafetera pedía un *update*, los focos se desincronizaban, su laptop Macrosoft forzaba reinicios. Todo exigía algo, nada obedecía. Grabó un video distinto: "El fin de la domótica – Aquí te lo cuento todo". Una confesión. Y la comunidad respondió:

—A mí también me pasa.

—Pensé que era el único.

—Somos sus conejillos.

Esa noche, rodeado de aparatos que pedían su atención, hizo algo inesperado. Reemplazó el foco de su lámpara, retiró la cinta que bloqueaba el interruptor y lo pulsó. Clic. Un sonido pequeño y revelador. Y en ese clic, una idea lo alumbró.

Ese clic no fue un final. Hizo un último video en "Casa Tech" con la vieja lámpara encendida a su lado y anunció el fin del canal. Habló con la serenidad de un iluminado, denunciando a las empresas como caballos de Troya dentro de los hogares y hablando de la promesa robada del futuro, de la esclavitud disfrazada de comodidad y de las actualizaciones que secuestran. El video se volvió viral, no por furia, sino por verdad.

Dos semanas después, nació su nuevo canal: "Casa Techless". Sin luces ni *gadgets*, solo él en una habitación limpia y sin ruido. Su primer video fue un *unboxing* de un teléfono "tonto": sin redes, sin wifi, solo llamadas y mensajes. Celebró su batería de tres semanas y su gloriosa falta de notificaciones. Promovió relojes de cuerda, cafeteras de filtro, ollas sin cable y libros de papel. Su nuevo lema: "Volver a las fuentes".

Y el mundo escuchó. Miles se sumaron. Ya no reseñaba productos: organizaba personas. Las cámaras lo siguieron mientras lideraba una marcha frente a las oficinas de Supra, donde levantaban sus dispositivos apagados como antorchas. Hicieron hogueras en las puertas de las tiendas y quemaron sus *gadgets*, pidiendo leyes, el derecho a decir no, a tener un interruptor que funcione y a poseer lo que uno compra.

Y el giro que nadie esperaba —ni siquiera él— fue que funcionó. Las corporaciones cedieron, ofreciendo un "Modo Estable", actualizaciones prolongadas y *hardware* cada quinquenio. Miguel, que una vez fue misionero de la tecnología, encontró su vocación verdadera, no como profeta del futuro, sino como guardián del presente. Un activista que le recordó al mundo que la innovación más importante, a veces, es un interruptor que puedes apagar.

MEDIO VACÍO O MEDIO LLENO

Sé tú mismo…
pero en la justa medida.

La señal UHD de la pantalla gigante de Luz era increíble gracias al Mega Paquete de internet que acababa de contratar. Desde la barra de la cocina, su lugar favorito, edificaba con esmero su obra magna: una hamburguesa "BigMás", doble carne, extra-queso y súper deliciosa. Iba a estamparle la primera mordida, a sentir esa explosión de sabor que los anuncios prometían, cuando apareció él, su *streamer* favorito. Directo, apasionado, su voz retumbó en la sala como la de un iluminado.

—¡Nos están engañando! ¡Nos están usando! —gritaba, mirando fijamente a la cámara—. ¿No han notado que ahora todo es "Mega, Magno, Sumo, Ultra, Súper, Supra, High, Big, Max, Más, Plus"? ¡Todo está orquestado para que nos parezca poderoso y siempre deseemos más!

Luz se detuvo. La hamburguesa, a centímetros de su boca, le pareció de pronto grotesca.

Desde ese día, todo cambió. En el supermercado se sentía poseedora de una verdad que pocos sabían; ya no era una marioneta del marketing, era un ser despierto. Profundamente convencida de esta nueva luz, Luz buscó lo contrario: lo pequeño, lo puro. Su carrito de la compra era un retrato de la mesura: tomates cherry, zanahorias baby, leche light, agua ligera y refrescos en latas mini. Incluso el papel higiénico debía ser extra suave y con una sola hoja de microfibras.

Su apartamento se transformó en una obra de arte minimalista. Quitó los cuadros, donó algunos muebles y su única nueva adquisición fue un pequeño chihuahua, *ad hoc* con su nuevo estilo de vida. Miraba con pena a los compradores del mundo viejo y sonreía con aire de victoria. Se sentía liberada.

Pero la libertad tenía un precio. Sus gastos se dispararon y, con ellos, su anemia. No estaba llena, no estaba plena. Para calmar la sed, debía beber tres latas minis de refresco. Para el hambre, le bastaba su tacita de arroz micro jet con cuatro guineos niños y un puñado de coles de Bruselas. Había perdido ocho libras en un mes.

Una tarde, sentada en el suelo de su sala en posición de loto, arrullando al chihuahua, se sintió débil. El algoritmo, como si leyera su pulso, le sugirió un nuevo video. Era él, el *streamer*. Apareció con los ojos encendidos, sin aliento.

—¡Nos llevaron al extremo! —gritó—. Ahora todo es "mini, light, tiny, baby, cherry, micro, compacto…". ¡Nos vendieron la rebelión en frascos pequeños y nos dejaron vacíos! ¡No seamos extremistas! ¡Busquemos el equilibrio! ¡El punto medio!

A Luz se le prendió el foco nuevamente. "¡Claro! El centro del problema era su centro". Y entonces, como si esperasen un banderazo de salida, los mostradores se llenaron de productos nuevos: Café Tueste Medium, leche con suplementos balanceados, porciones medidas de chocolate. Las palabras *half*, *center* y mitad sonaban en su mente como un mantra nuevo.

Se levantó y se dirigió a la barra. Se sirvió un vaso de agua hasta la mitad, ni más, ni menos. Reparó en su precisión: el agua, ni alta ni baja, justa, como debía ser. Una duda le asaltó: ¿el vaso está medio vacío o medio lleno? Sacudió la cabeza y sonrió.

La sala era un recinto de formalidades frías. Alrededor de una mesa de juntas, las siluetas anónimas de los directivos escuchaban en silencio.

—Señores —dijo el hombre de la cabecera con voz poderosa—, las campañas han sido un éxito rotundo. Superamos las expectativas. La fase dos, "Equilibrio", ya está en marcha y la respuesta ha sido masiva. Un trabajo impecable.

Hizo una pausa. —Demos la bienvenida a quien ha sido nuestra mayor voz... y nuestra más grande fortuna. La puerta se abrió con solemnidad cómplice. Y el *streamer* entró en la sala.

MAÑANA

ecos de un mundo posible

EL SUEÑO DEL ROBOT

La conciencia no se instala, se despierta.
Lo que se instala es el error.

¿Cómo identificar a un robot? La pregunta flotaba, a veces, en el aire viciado de las certezas tecnológicas, en el murmullo de los procesadores, en el silencio de los cuerpos indistinguibles. La línea es delgada. El razonamiento de la IA es elevado. Los cuerpos robóticos son tan complejos y vivos como el de los humanos: los unos, con mucha biotecnología integrada; los otros, con partes mecánicas o sintéticas. Los robots conviven entre nosotros. Se les otorgó libertad y autonomía, y se han agrupado en células como familias. Trabajan, participan en cosas humanas, pero no pueden soñar. ¿Cómo sería el sueño de un robot, su onírico existencial? No pueden, o no podían. Hasta que...

Lissa despertó al suave silbido de su cama hiperbárica. Un nuevo ciclo. Se incorporó, sintiendo el tirón familiar en la rodilla izquierda, y se asomó a la ventana panorámica. Abajo, el tráfico de drones ya mostraba una inusual congestión para ser sábado, un río de hélices agitadas bajo el cielo de la neutra cúpula. Se dirigió a la cocina, donde la esperaba el café recién disparado por su SmartCoffee. Mientras daba el primer sorbo, las noticias saltaron a la vista. Su gato, un persa de pelaje impecable, se restregó contra sus piernas, no buscando comida —su dispensador ya se había encargado de eso— sino el calor de un contacto, una caricia.

Lissa reparó en una noticia apilada en el carrusel y la centró con un movimiento rápido de la palma. Era encendidamente amarilla, más violenta, como sus sueños. La vía que conectaba con la Puerta 2E se había llenado de patrullas. Un dron tripulado, aún no identificado, había violado la salida de la imponente Cúpula Dorada rumbo al espacio. La especulación crecía: posible violación del código H23, un virus, un hackeo al sistema de defensa. Algunos ya hablaban de un posible ataque militar encubierto. El tripulante: un humanoide.

Lissa había soñado con ello. Un hombre joven con una delgada cicatriz plateada surcando una ceja, sus ojos fijos en la inmensidad, descubriendo el espacio a voluntad como si las estrellas fueran un mapa desplegado solo para él. Se dirigía a Ganímedes.

—Envíalo a mi buzón —ordenó.

Le interesaba llegar pronto a la galería.

Descendió hasta tierra firme y aprovechó para ejercitarse. Mientras trotaba, las imágenes volvían: el dron atravesando la negrura, el hombre de la cicatriz. Y un nuevo detalle emergió: la voz de él, clara y sin inflexiones, diciendo "—Entendido, procediendo...". Sacudió su rostro para disipar la visión. Su rodilla protestaba con un traqueteo sordo; quizá estaba envejeciendo. Al llegar a la galería, las métricas de su ejercicio aparecieron en sus córneas. No había roto su marca personal, pero tampoco llegó tarde. No se preocupaba por su aspecto; no era de sudar.

Se inauguraba la exposición temporal "Cuerpo y Mente" del artista Kamon. La primera sala la recibió con una muestra escultórica hecha de residuos sintéticos recuperados: troncos humanos deliberadamente imperfectos, con un dinamismo contenido.

Su atención se fijó en una pieza, una mujer desnuda y protuberante, marcada en el bajo vientre por una herida que sugería una cesárea antigua. Por un instante, le pareció como si un láser invisible atravesara su propio vientre. Casi podía llorar. Pensó en el hombre de la cicatriz y miró con recelo a su alrededor. Un robot de compañía le sonrió cortésmente y ella pasó veloz a la sala siguiente.

Era una sala espaciosa con cuadros, simples óleos que pretendían revelar los pensamientos mismos: Miedo, Idea, Felicidad, Sueño. Se detuvo en este último. Esas imágenes sin sentido aparente le hicieron recordar con dolorosa claridad la noticia guardada en su buzón. Necesitaba descifrar aquel enigma. Un impulso la invadió y salió de la galería casi huyendo, rompiendo su marca personal. Subió al rascacielos y entró en su vivienda.

Oh, sorpresa. Agentes de la ASU, la Agencia de

Seguridad Unificada, la esperaban sentados en su sala.

—Hola, señorita Lissa —dijo el que parecía al mando, con una calma que helaba la sangre—. Soy el Agente Stuard. Es un asunto de seguridad nacional y no podíamos posponerlo. Tampoco quisimos interrumpir su paseo, así que decidimos esperarla. Además, la compañía de su gato es muy grata. Un ser tan cariñoso, casi como los humanos —se interrumpió para preguntar—: ¿Cómo se llama su gato?

Lissa, todavía pasmada en el umbral, respondió:

—Frank.

—Frank, eres un buen chico... —murmuró el agente, antes de mirarla directamente—. Lo curioso, señorita Lissa, es que esa anomalía nos conduce directamente a su vivienda.

Ella, tragando saliva, se sentó.

—Bien. ¿Y cómo puedo ayudarle con esta "anomalía"?

—Haremos una exploración de rutina —dijo Stuard —. Es indolora, pero requiero su colaboración. Este señor a mi lado le aplicará un test. Si está de acuerdo, por supuesto. Es por seguridad nacional.

"El test de Turing", pensó Lissa con una sacudida interna. "Era un método del viejo mundo. ¿Qué buscaban realmente? Sospechaba las respuestas. Lo más humano sería exigir sus derechos, pero, ¿debía ceder como un programa?". Se levantó y se dirigió a la barra de la cocina, donde el especialista ya había instalado un discreto aparato. Tomó asiento, se giró hacia el agente y dijo con voz firme:

—Salvemos al mundo, pero no crea que le brindaré un café.

El agente sonrió levemente.

—Gracias, señorita. No esperábamos menos de usted. Sabe, yo aún no he sido mejorado, así que el café podría calentar mis circuitos. Me está haciendo un doble favor.

Y así empezó el test, un formulario aburrido y repetitivo que duró una hora. El especialista supervisaba en silencio mientras el Agente Stuard caminaba por la sala, a veces seguido por Frank. En la quietud monástica, las respuestas de Lissa al test se mezclaban con las palabras del fugitivo: "Entendido, procediendo...".

—Muchas gracias, señorita —dijo por fin el especialista—. Hemos terminado.

El agente al mando se acercó, con una sonrisa inquietantemente similar a la del robot de la galería.

—El viejo mundo es torturador, ¿verdad? Por suerte, no hay nada que temer —hizo una pausa—. Llámeme si nota algo extraño, un hecho o una idea intrusa. Cualquier cosa podría servir. En este mundo, señorita, somos más vulnerables que en el viejo. Le agradezco su tiempo. La nación se lo agradece. Le dejé mi tarjeta en el buzón. Y tan súbitamente como habían aparecido, desaparecieron.

"He superado el test", pensó Lissa, aunque el alivio era frío. Se desplomó en el sillón. Frank se subió a sus piernas y ella lo acarició con mano temblorosa.

Finalmente, abrió su buzón. La tarjeta virtual del agente estaba primera en la lista. Haciendo *scroll*, llegó a la noticia reservada.

Dudó, pero al final la abrió. El *streaming* contenía más información. Las autoridades habían recuperado un video del interior de la nave fugitiva. Era él, el hombre de la cicatriz. Se le veía claramente como un humanoide. La cicatriz en su ceja estaba abierta, desgarrada, y no sangraba. Solo se veían chispas intermitentes. Entonces, el tipo pronunció las palabras que resonaban en la mente de Lissa: "—Entendido, procediendo...".

La conclusión oficial era que el humanoide había sido controlado por alguien y no podía desobedecer, según el código H23.

Lissa se aterró aún más. El video, la voz, la cicatriz... todo era idéntico a su sueño. La conexión era real. Y aquel humanoide, concluía la noticia, ya había sido identificado.

Fue interrumpida por el repartidor, un robot amable que se disculpó por el retraso.

—La vía principal está cerrada por el incidente, ¿está al tanto?

Lissa abonó la propina y tomó el paquete. Tenía las pilas bajas. Se imprimió una fruta y se la comió lentamente. La inquietud la envolvía. Recordó a sus padres, fallecidos diez años atrás en un terrible accidente.

Un discreto impulso interior la movió a hacer lo correcto. "Hombre y máquina no son tan distintos", pensó, "obedecen al bien".

Se entregaría. Desplegó la interfaz y seleccionó la tarjeta del agente.

—Ultra, respóndele al agente Stuard. Dile que necesito verlo, que tengo información importante, dile que...

Ultra la interrumpió:

—*Lissa, recuerda que tienes que ir a la cripta. Tu transporte llegará en siete minutos.*

—¡Carajos! —exclamó.

Todos los sábados acudía al Memorial. Era un ritual ineludible. Se vistió con prisa y salió. En los aires, el buzón seguía desplegado, el cursor parpadeando.

Llegó al Memorial. Tomó sus diamantes más preciados con delicadeza, los apretó contra el pecho y les habló en susurros. Mientras tanto, en su apartamento, Frank saltaba intentando capturar el cursor parpadeante. Pasaron las horas.

—Lissa, ¿ya te mando el auto? Has estado más tiempo de lo habitual —dijo la voz de Ultra.

Distraída, Lissa respondió:

—Sí, enviar.

La orden, concisa y clara, retumbó también en su apartamento. El buzón inteligente obedeció al instante, enviando el correo incompleto. El Agente Stuard lo recibió en la central de la ASU. Se activaron de nuevo las alarmas y los drones salieron como enjambres.

Lissa emprendió el regreso a casa, ajena a la nueva tormenta que su mensaje accidental había desatado. El alboroto de sirenas despertó más pánico. Cuando los agentes llegaron a su apartamento, se extrañaron por su ausencia y el desorden. Pensaron que podría ser un secuestro.

En la congestionada fila de drones, Lissa esperaba impaciente. De pronto, un dron de carga cercano perdió energía y se precipitó sobre el de ella. Sintió el impacto brutal, el metal retorciéndose y luego la caída libre. Pensó que moriría. El dron desplegó sus bolsas de impacto en el último instante y se estrelló sobre una loma de chatarra. Aturdida, Lissa se arrastró fuera del vehículo. Intentó incorporarse, pero no pudo. Tenía una pierna quebrada a la altura de la rótula. No sentía dolor, sólo la frustrante incapacidad de ponerse en pie.

Y entonces se dio cuenta. Una herida en su rodilla izquierda se abría como un cartucho de papel. Podía ver sus propios engranajes, sus sistemas de pistones, sus cables trenzados. No había sangre, había chispas. No había carne, había circuitos. No era humana.

Lissa, abrumada por la certeza de su propia naturaleza, entró en shock y cayó como un fardo más sobre la chatarra.

—Qué susto nos dio, jovencita —dijo Stuard, acercándosele en el Centro de Salud—. La ciudad entera se movilizó cuando no la encontramos después de recibir su correo...

—¿Mi correo? —repuso Lissa, con los sentidos obnubilados.

—Pensamos que la habían secuestrado. Ultra nos avisó del accidente y compartió su geolocalización. Fuimos a buscarle y la trajimos de inmediato.

Lissa intentó enfocar. Recordó las chispas.

—Sr. Agente... Lo que necesitaba era un mecánico —interrumpió con voz rasposa.

Stuard la miró con algo de compasión.

—Sí, lo mismo pensamos al principio, cuando vimos el estado de su pierna. Pero luego, en el lugar del accidente, la vimos llorando y llamando a sus padres. Estaba usted fuera de juicio, pero las emociones florecían. Tenía una herida en la frente que sangraba, oh, sí que lo hacía, y nos dimos prisa para darle los primeros auxilios —hizo una pausa—. No se preocupe por las piernas, las hemos "lubricado", ya no crujirán —sonrió levemente.

Lissa lo miró, procesando. Aún estaba pendiente el dilema de sus sueños. Como si leyera sus pensamientos, Stuard prosiguió:

—Sufrimos un ciberataque, señorita Lissa. La red fue vulnerada. Nuestros enemigos en Ganímedes tomaron el control de su implante cerebral. Usted dio la orden al fugitivo, o... su cerebro. "Entendido, procediendo...". El tipo llevaba una carga valiosa de Krillithium que había hurtado de la Bóveda de Ceres.

Le hicimos un escaneo completo aquí por seguridad nacional, claro. Y descubrimos las respuestas en su implante.

Lissa sintió un vacío.

—¿Y mis piernas? Yo no sabía nada de esto. Mis padres nunca me lo dijeron.

La expresión de Stuard se suavizó.

—Señorita Lissa, sus padres no le dijeron porque no lo sabían. Usted estuvo en ese terrible accidente con ellos. Casi muere también. El seguro cubrió los funerales y su mejora completa, pero no pudo salvar algunas lagunas mentales. Por eso se procedió al implante cerebral, para devolverle la mayoría de las funciones y tratar de restaurar sus recuerdos.

»La terapia aconseja que la sanación de estas lagunas se haga gradualmente, por su propia plasticidad cerebral. Pero digamos que ahora le estamos dando una ayudadita. Después de todo —concluyó con un matiz casi amable—, nos ha ayudado a salvar al mundo.

YA VIENE EL LOBO

Dejamos de mirar al cielo,
y la tierra nos lo va a cobrar.

La noche era un mar de terciopelo oscuro. Silenciosa, profunda, apenas salpicada de luz. Cada estrella, un viejo suspiro; cada espacio, una posibilidad.

Allí, en mitad del desierto, un viejo camión brillaba como una luciérnaga posada. No había camino, ni cliente, ni el servicio de antes. Había espera. Y dentro, un hombre con el sueño pospuesto. No era noche de comida, sino de cables, ozono y larga soledad.

El Dr. Krill, encorvado en la penumbra, no preparaba hamburguesas. Vigilaba el cielo. Vigilaba algo más, algo que no estaba en el menú ni en los mapas, algo que había visto solo él.

Su *food truck*, "La Chalupa", se había convertido en un santuario de ciencia y fe: fe en lo invisible, fe en lo temido. Donde antes hubo freidoras, ahora había consolas; donde hubo cucharones, ahora brillaban sensores.

Una pantalla tembló, y el temblor se volvió pulso. Un pulso que nadie más podría ver ni escuchar. Un ritmo oculto bajo siglos de estática, un latido extraterrestre. Krill se inclinó. Una contracción leve en sus labios fue todo lo que mostró su alegría.

Nadie lo aplaudiría esta vez, y eso estaba bien.

—Ya viene el Lobo —susurró con verdadero sobresalto y certeza placentera.

Era la prueba que le negaron, la burla que lo sepultó. Era también su redención y su sentencia. Una palabra secreta que cruzó el tiempo y se tatuó en los pliegues de su vejado rostro.

Años atrás, en la Universidad Concordia de la Florida, lo llamaron visionario primero, loco después. Los pasillos se atestaron de risas veladas, la correspondencia se extinguió y las puertas se cerraron con el puño del descrédito.

—Busca en la estática —le dijo a su alumno Benjamín Carter.

Y Benjamín buscó, no por obediencia ciega, sino por intuición visionaria, por fe heredada. En un atardecer confinado al olvido, la estática habló. Era apenas un temblor, un susurro persistente, rítmico y ajeno. Nadie más lo oyó. Krill lo supo. Ben también. Pero el mundo necesita más que oídos.

El coloquio fue una sala de hielo, las voces autoritarias, espadas. El Lobo fue un chiste largo y cruel.

El profesor Albright negó con piedad fingida, mientras otros hablaban de errores, interferencias y teorías sin sustento.

—Profesor Krill —dijo Albright—, le reconozco la pasión, pero esto no es ciencia, es esperanza maquillada con espectrogramas.

—Y sin embargo, la esperanza suele preceder al hallazgo —respondió Krill con voz firme.

Otro profesor, desde el fondo, añadió:

—Hay fantasmas en la estática, Alistair, pero no todos son reales. A veces, solo es nuestro deseo proyectado.

Ben intentó intervenir, hablando de la coherencia de la señal y los filtros que había aplicado, pero su voz fue disipada por un murmullo de escepticismo.

Krill cayó en silencio. Ben se parapetó en la ciencia segura, en lo publicable. El artículo fue rechazado, la humillación inevitable. La universidad le dio la espalda y la cizaña hizo el resto.

El profesor abandonó su cátedra, su prestigio, su mundo. Se fue a los caminos, llevándose la pena en la sangre, y con ella armó su nuevo observatorio: ruedas, cielo y dignidad a cuentagotas, entre malvaviscos y café. Y ahora, años después, regresaba con el mismo Lobo aullando, pero más fuerte, más claro, con una afinación que no pedía permiso. Ben, ya doctor, respetado y escuchado, lo recibió en su despacho con piedad y temblor. Había algo en los ojos de Krill que sabía a atardecer.

—Lo viste también —dijo Krill. Ben asintió.

No hubo discursos, no hacían falta. Pero sí hubo una pausa. Y entonces, Ben habló:

—Lo volví a buscar, años después, cuando las máquinas cambiaron y las lecturas ya no eran papel mojado. Y estaba ahí. Persistente. Como una deuda.

Krill no se sorprendió, solo preguntó:

—¿Qué descubrieron realmente?

Ben abrió una carpeta y el silencio se llenó de datos.

—Thanatos Prime. Así lo llamaron. Un coloso brillante, una anomalía luminosa con trayectoria fija. Un objeto que no podía esconderse eternamente, ni siquiera detrás de Júpiter.

—¿Y la NASA...? —inquirió Krill.

—Nos llamó. En secreto. Querían nuestras notas, nuestras coordenadas. Las usaron para afinar sus modelos y confirmaron el rumbo.

—¿Impacto?

—Veinte años. Tal vez menos. Según los últimos cálculos, su masa duplica la del asteroide que borró a los dinosaurios.

Krill suspiró.

—Así que el Lobo no era un mito. Era promesa. Mal augurio.

Ben cerró la carpeta suavemente.

—El mundo aún no lo sabe. Pero lo verá. Y cuando lo haga, recordará tu nombre. No como una advertencia, sino como un eco.

La señal nunca se fue, solo se ocultó. Las máquinas nuevas la desenmascararon. Era real, grande y monstruosa. Y venía.

Thanatos Prime, un cuerpo con luz propia y curso fijo hacia la Tierra. No hablaba, no se desviaba, solo venía lentamente, con toda la paciencia del cosmos, a través de Júpiter, del silencio, del tiempo.

"Impactará en veinte años", dijeron, y nadie se reía ya. Los informes eran secretos, los datos sellados, pero la trayectoria era innegable. La NASA lo sabía, los gobiernos también. Algunos rezaban, otros planificaban, pero todos estaban amordazados. Mientras tanto, el miedo florecía, se escapaba de los ojos, se transpiraba por los poros, se develaba como un secreto erosionado. En los muros apareció el grafiti: un lobo aullando a una estrella, una advertencia tardía. Cápsulas del tiempo, cultos, canciones, murales. El Lobo era el nuevo miedo; Krill, el nuevo nombre. El que había visto primero, el que no fue escuchado, el que no dejó de mirar.

Pero él no buscó la gloria. Nunca volvió a las aulas, nunca aceptó honores. Pintaba cielos con ondas, vendía café amargo y miraba. Siempre miraba. Murió en su camión, bajo las estrellas. Solo. Sosegado. O tal vez vencido. Con los ojos cerrados, pero la antena y el registro prendidos. El Lobo, presente.

Y el Lobo seguía viniendo. En las noches, en los titulares, en los ojos de los niños que ya nacen con miedo, en los sueños de quienes saben contar hacia atrás. A veces, en los susurros de la estática, a veces en el silencio, a veces en el brillo de lo que no queremos ver. No hay más que decir. Krill lo dijo primero. Y lo dijo solo. Pero no por mucho tiempo. Porque el Lobo ya no es suyo. Es de todos. Y ya viene.

EL SÍNDROME DE OSIRIS

Hay viajes que terminan en el punto de partida.
Y otros que comienzan después de muchas millas.

En la sala de control, el silencio era casi equiparable al vacío que se abismaba entre la Tierra y Júpiter. Solo un arrullo constante de los sistemas de soporte vital osaba rasgar la piel tensa de la expectación. En la pantalla principal, la imagen de Ganímedes, granulada primero y luego más nítida, crecía. Un gigante helado en su danza orbital alrededor del coloso gaseoso, un mundo cuyas complejas maravillas habían sido susurradas por las legendarias Voyager.

Finalmente, tras meses de travesía sigilosa, la nave Ulysses II, digna heredera de aquella que osó danzar fuera de la eclíptica, inició su secuencia de descenso. Esta nueva Ulysses no estaba para observar, sino para transformar. Era la primera de las naves de avanzada enviadas por el Hemisferio Oeste sin un solo corazón humano a bordo. Su silueta angulosa se dibujó contra la mejilla plomiza del satélite joviano. A bordo, sus heraldos metálicos: los Constructores Automatizados Remotos (CARs), una legión de máquinas especializadas. Su misión: desplegar los generadores de energía, comenzar la lenta perforación en busca de agua líquida y, lo más crucial, amasar el terreno para el arribo futuro de los primeros colonos humanos.

La transmisión mostraba cómo los propulsores de la Ulysses II encendían su último fuego, levantando una nube efímera de polvo congelado. Con una precisión que bordeaba el insulto, la nave se posó en la llanura designada, no lejos del cráter Osiris. Un suspiro colectivo recorrió la sala de control de Nueva Arizona. Las compuertas se abrieron y las primeras unidades CAR comenzaron a descender, dejando las primeras cicatrices de una nueva era sobre la piel virgen de Ganímedes. La conquista silenciosa había comenzado.

Elara Vance dejó escapar el aliento que no sabía que retenía. Una mano rozó fugazmente su abdomen antes de volver a aferrarse a su consola. A su lado, Kael Marr, quien había comandado cada byte de telemetría, giró la cabeza hacia ella. Sus ojos se encontraron, y por un instante, el pulso febril de la sala se desvaneció solo para ellos. En esa mirada compartida latía un universo de alivio, de triunfo cómplice, y una resonancia íntima que solo ellos dos comprendían.

—Lo han hecho —susurró Elara.

—Lo hemos hecho —corrigió él—. Es solo el principio.

Elara asintió. El principio de tantas cosas para la humanidad, para Ganímedes y para ellos. Un principio que llevaba consigo un secreto tan vasto como el cosmos.

Los días se habían fundido en la nave de transporte "Stardust". La Tierra ya no era más que un mármol azul y blanco que menguaba, un doloroso recordatorio de la distancia que crecía entre Elara y Kael. En esos momentos de quietud forzada, los recuerdos la asaltaban con una vividez brutal: el peso del cuerpo de Kael sobre el suyo, la cartografía de sus manos, sus cuerpos entrelazados. Se habían dado todo, explorando profundidades de pasión que Elara ahora atesoraba como el más preciado de los combustibles para el largo viaje.

Pensaba en Kael en la Ciudadela Espacial, el arquitecto de los sistemas que la mantenían viva, y sabía que su vida pendía de la infalibilidad de él. Un simple error de cálculo y ellos, junto con la esperanza del Hemisferio Oeste, se convertirían en una trágica anécdota. Su propia misión en Ganímedes era la culminación del trabajo de Kael. Si ella fallaba, si sus conocimientos de exo-botánica no lograban prender la primera chispa de un ecosistema viable, todo el esfuerzo de Kael se desmoronaría. Llevaba consigo el peso de dos vidas entrelazadas por un amor que desafiaba la distancia y un futuro que exigía que ninguno de los dos vacilara.

Un mes después de su arribo, Elara se movía con eficiencia por el Biodomo Alfa. Afuera, el paisaje desolado se extendía bajo la imponente presencia de Júpiter. A veces, un tenue resplandor verdoso electrizaba el horizonte, un recordatorio de las fuerzas invisibles que regían este nuevo mundo. En el interior, ajustó el flujo de nutrientes para las plántulas de trébol modificado, la promesa de un suelo vivo. Soñaba con un futuro donde los biodomos se expandirían con cultivos y majestuosas setas paraguas bioluminiscentes. Ganímedes, la huerta del nuevo mundo.

Más tarde, durante las comunicaciones, la imagen de Kael llenó su pantalla. El retardo de casi cuarenta minutos hacía que las conversaciones fueran como monólogos grabados. Aun así, ver su rostro era el ancla de Elara.

—Día treinta y dos en Ganímedes —comenzó —. Las lecturas de crecimiento son modestas, pero estables. Hoy sentí que este lugar podría llegar a ser algo más que una roca helada. Hay una tenacidad admirable en la vida. Te echo de menos, Kael. Cada día. Pero estamos haciendo esto. Juntos. A nuestra manera.

Su rutina diaria continuaba. Se dirigió al dispensador médico y tragó su coctel de cápsulas. Luego, se colocó frente al escáner biométrico, sabiendo que cada fluctuación de su organismo era una pieza valiosa del primer estudio a largo plazo de la adaptación humana en el sistema joviano. Datos cruciales para un selecto equipo médico en la Tierra, los mismos doctores que habían validado su candidatura con una celeridad sorprendente, ocultando al resto del comité una condición que ellos conocían. Sin que el mundo lo supiera, habían convertido a Elara en la protagonista de un experimento biológico de una audacia sin precedentes.

Tras unas semanas, las lecturas del espectrómetro asignado al cráter Osiris comenzaron a enloquecer, sugiriendo actividad, un metabolismo a escala, una vida orgánica que palpitaba. Era el llamado que ningún exo-botánico podría ignorar. Obtuvo autorización para una expedición en solitario. En su geo-esquife "Galilaeus", siguió las coordenadas hasta un cañón estrecho en el borde sur de Osiris. Y allí estaba. No una cueva, sino una pared imponente e iridiscente, una cortina de gas que vibraba con una luz interna, pulsante. Era hermosa y aterradora, pero infranqueable. Las sondas fueron engullidas o repelidas con violencia. Frustrada, no tuvo más remedio que marcar las coordenadas y regresar. Esa noche, comenzó todo. No fue un sueño común, sino una inmersión en un mundo de sensaciones primordiales. Se veía flotando en un espacio cálido, líquido, amniótico, bañada por luces suaves. Sentía una Presencia inmensa, acogedora, curiosa, que parecía cortejarla. Era una intimidad abrumadora. Se despertaba justo antes de un clímax de pura dicha. Noche tras noche, la experiencia se repetía, cada vez más intensa, más real. Ganímedes la reclamaba.

Elara comenzó a ceder. Sus comunicaciones con Kael se volvieron breves, distraídas, vacías. Desde la Ciudadela Espacial, él intentaba traspasar el velo que parecía envolverla, pero sus palabras se encontraban con respuestas casi impersonales.

La comunicación del Director de Misiones llegó con la severidad de un trueno. Su rostro adusto llenó la pantalla, exigiendo de forma directa y cortante que Elara se reenfocara en los protocolos de la misión. Sus omisiones y respuestas evasivas eran inaceptables. La vergüenza la recorrió. Con voz firme, aseguró que retomaría el control.

Ocho meses después, durante una reunión de equipo, surgió el término para lo que todos experimentaban: "el Síndrome de Osiris", como lo llamó Ana, la geóloga. Todos tenían sueños de paisajes hermosos y paz inefable, pero los de Elara, como confesó con reticencia, eran diferentes, más persistentes, más íntimos. La hipótesis de que fuera una comunicación de una entidad desconocida flotaba en el aire.

Esa misma noche, la Presencia en sus sueños tomó una forma definida: un humanoide de quizás dos metros y medio de altura, de una blancura nívea, casi translúcida. Abrió sus ojos de un azul cobalto imponente. No hablaba con palabras, pero Elara sintió una bienvenida, una invitación a acercarse, a comprender. Y la científica sintió cómo sus defensas, tan cuidadosamente reconstruidas, se derretían una vez más.

Nueve meses habían transcurrido. La relación con Kael se había reducido a un goteo de intercambios profesionales. Elara no sentía culpa, estaba bajo el influjo de algo mucho más grande, una conexión que la completaba. Noche tras noche, el sereno alienígena albino acudía a su encuentro, infundiéndole un flujo constante de paz, de gozo. Era un amor cósmico. Y en la profundidad de su ser, otro ciclo, igualmente vital y secreto, también llegaba a su culminación.

La voz del sereno ser albino resonó en la mente de Elara, ya no en sueños, sino en la vigilia. No era un susurro de paz, sino un anuncio vibrante, triunfal: "Ya voy. Al fin te conoceré… Prepárate". Y entonces, comenzó el dolor. Desgarrador, primordial. Una contracción brutal le dobló el cuerpo. Era una fuerza de la naturaleza desatada en sus entrañas. El Biodomo Alfa se sumió en un caos de alarmas.

—¡Corre, corre! —gritó Kenji en su comunicador.

Cuarenta minutos después, a millones de kilómetros de distancia, las sirenas ulularon en Nueva Arizona. Los datos biométricos de Elara llegaban en un torrente alarmante. Los doctores de la misión, el círculo que conocía el secreto, se miraron con una mezcla de terror y fascinación. El momento había llegado. Kael, en su consola, sintió que su mundo se desmoronaba. La impotencia lo devoraba.

Cuarenta minutos antes, Elara flotaba en una marea roja de agonía. Los robots se movían a su alrededor con material esterilizado, sus voces artificiales emitiendo datos que ella apenas comprendía. Y entonces, un último grito, un rugido primitivo. Un empuje final que pareció vaciarla por completo. Y luego, el silencio. Un silencio profundo, casi sagrado, acallado súbitamente por el llanto de la criatura. Elara, exhausta, apenas tuvo fuerzas para alzar la cabeza. Y entonces vio la luz. O quizás, la luz la vio a ella. Allí estaba ese ser hermoso, imposible, que la había habitado nueve meses. Su hijo. Su propio e insospechado hijo. Era pálido como un papel vacío. Su piel, inmaculada, casi translúcida. Abrió los ojos, desproporcionadamente grandes en su pequeño rostro sereno, y de un color azul tan profundo, tan intenso, que hería el alma. Un hijo de dos mundos. Un hijo de Ganímedes.

Millones de kilómetros más allá, en la Ciudadela Espacial, el Dr. Finch, el director médico que había apostado en secreto por Elara, observaba la imagen milagrosa del reciénnacido. Se acercó a Kael, quien permanecía inmóvil, una estatua de dolor frente a su consola. Finch posó una mano en su hombro, un gesto para anclarlo a la realidad. Con una voz que mezclaba el asombro profesional y una profunda, temblorosa humanidad, el doctor dijo simplemente:

—Felicidades, Kael. Eres papá.

CLAUSTROFOBIA

El que escribe, vive.
El que lee, cree.

Entre pasillos estrechos y habitaciones oscuras, iluminados por la tenue luz de emergencia, una mesa vieja —como un altar olvidado— servía de escritorio para June. Tecleaba en su máquina de escribir desempolvada; sus dedos danzaban sobre las teclas, liberando un mundo que solo existía en su mente.

Esa mesa, testigo de tantas historias, era el corazón del búnker: allí comían, jugaban, y Hank consultaba sus aparatos, buscando respuestas del exterior. El tecleo era un latido vital en la quietud del refugio, un morse que comunicaba la vida a la que se aferraban con desdicha.

Afuera, quizás la nieve se amontonaba en silencio cubriendo el mundo con un manto blanco y fantasmal. Tal vez la estela del meteorito aún quemaba en el cielo, un destello al que siguió el caos. Los sonidos del fin —estruendos, gritos— habían llegado claros desde arriba, pero con los años eran solo el susurro del viento helado, un eco distante de la destrucción. Un monstruo sin rostro, de rugidos incesantes.

Ni el tiempo logró agotar a Hank en su asidua búsqueda de señales. Cuatro años no fueron suficientes para que abandonara su desquiciada rutina. La frustración lo consumía. Él, un profesional, se sentía traicionado por su propia ciencia. Sus métricas, antes valiosas, ahora eran imprecisas, inútiles.

En realidad, lo que más importaba era ser padre: estar ahí, protegerlos, amarlos. El verdadero clima que debía entender era el del búnker, y ese clima era caprichoso. Había tormentas, desatadas por la energía incontenible de sus hijos Sky y Ralph, cuyos gritos resonaban como truenos juguetones por los pasillos metálicos.

A veces, una lluvia fina y silenciosa sorprendía el paisaje interior: lágrimas escasas que saltaban de los pómulos de June mientras tecleaba, diluyendo la tinta de sus palabras. Pero las peores eran las nubes que se cernían sobre Hank, ensombreciendo su semblante y anunciando una tormenta de frustración palpable.

Mientras ese clima fluctuaba, todo lo demás menguaba. Lo único que crecía, como una mala hierba en la oscuridad, era la incertidumbre. Y con ella, el miedo. La energía de los generadores parpadeaba, un presagio de oscuridad total. Las reservas de alimentos disminuían, el agua se racionaba con severidad y el aire se viciaba. Incluso la esperanza languidecía. Sky y Ralph parecían bejucos desnutridos en la penumbra constante, creciendo delgados y ensimismados. Un hijo es un árbol que se siembra con las propias manos, no por la sombra o el fruto, sino por el sagrado deseo de poblar la tierra. Pero en aquel subsuelo estéril, ¿qué tipo de cosecha se podía esperar?

Fue una noche como cualquier otra. June escribía, o al menos lo intentaba, mientras Sky y Ralph dormitaban inquietos en un rincón. Entonces, Hank se tensó. Aferrado a sus viejos equipos de radio, escuchaba con los audífonos ceñidos, y su cuerpo entero se congeló. Hizo una seña brusca a su esposa, un dedo en los labios, y señaló el receptor. Primero fue una estática anómala, luego una cadencia. ¿Una voz humana? Distorsionada, lejana, un susurro de ultratumba colándose por las grietas del silencio. Hank manipuló los controles con dedos temblorosos, su rostro entre el terror y la fe. No se entendían palabras, solo la inflexión de una posible llamada, pero era algo más que el viento. Una pregunta no formulada, tan potente como un grito: "¿Hay vida... allá afuera?".

Aquella señal se ancló en la mente de Hank como la única estrella en una noche perpetua. Durante días la analizó con la escasa energía que quedaba. Sus mediciones, aunque erráticas, mostraban una leve disminución en los niveles de radiación gamma. Una atenuación mínima, pero suficiente para que la esperanza volviera a encender una chispa. No era el amanecer, ni siquiera una tregua clara. Solo un resquicio.

Fue entonces cuando la idea tomó forma. "Hay que salir", anunció una mañana, su voz ronca. No para huir, sino para buscar ayuda antes de que se agotaran sus provisiones.

—El frío de otro invierno nos encontrará aquí —dijo —, y esta vez no habrá defensa.

June lo escuchó, y un escalofrío le recorrió la espalda. En sus ojos se libró una batalla silenciosa: el terror a la pérdida y la comprensión de la necesidad. Pero Hank era el centinela, el experto y ahora, la personificación de su última apuesta.

La despedida fue un tejido de silencios, un abrazo prolongado, un beso urgente. Con una mochila precaria y el peso insoportable de ser su única y frágil apuesta, Hank se giró hacia la escotilla. El mecanismo chirrió como un ataúd. Una luz delgada y enferma se derramó por primera vez en cuatro años, y Hank desapareció en ella, sellando la promesa de su retorno o su perdición.

Tras el eco final de la escotilla, se instaló un nuevo silencio, más denso, más vasto. June quedó sola con Sky y Ralph, sombras aún más pegadas a sus talones.

Entonces, escribió como nunca antes, con urgencia y miedo primario. Su máquina de escribir era el único sol de su menguante universo. El tecleo, el único reloj.

Cada página completada era un paso imaginario para Hank sobre la nieve eterna. Entre anales improvisados, June incrustaba palabras secretas de amor, mensajes cifrados en la desesperanza.

Pero Hank tardaba. Los días se hicieron meses sin nombre. El papel se agotó, y pasó a escribir en el reverso de los diagramas de Hank, luego en etiquetas arrancadas de latas de conserva. Sus letras, antes firmes, se encogían, temblorosas, apiñadas, un espejo fiel del temblor de su esperanza. El tiempo ya no se medía en amaneceres, sino en la mengua del material para escribir. Cuando ya no quedó nada, sus dedos ennegrecidos por hollín buscaron las paredes, grabando palabras con trozos de carbón, arañazos en la piel de su prisión. Un testamento final, un grito silencioso.

Pero Hank no regresó. Solo el silencio se espesaba día a día, como una mortaja, y el frío roía los huesos. Las últimas velas se consumieron y la oscuridad fue casi absoluta.

El hambre, primero una bestia rugiente, se volvió una niebla que embotaba los sentidos.

Poco a poco, June dejó de escribir. A veces, en la profunda oscuridad, susurraba el nombre de Hank. Sky y Ralph, que ya no crecerían más, se acurrucaron junto a ella buscando un calor que ya no existía, sus cuerpos esqueléticos, sus gemidos espaciados.

Una mañana, o lo que percibió como tal, June ya no despertó. Su respiración se extinguió sin aspavientos, como una brasa diminuta en una noche polar. A su lado, los pequeños cuerpos de Sky y Ralph. El búnker, aquel refugio de promesas, se convirtió en tumba silenciosa, sellada por toneladas de nieve y el olvido del mundo exterior.

Casi medio siglo después, cuando la nieve comenzó a ceder a una primavera incierta, un convoy de pioneros peinaba la zona desolada. Un hundimiento en la tierra los llevó a la entrada del búnker. La volaron con una carga controlada y el aire fétido escapó. Bajaron en equipos. Linternas irreverentes profanaron las sombras, y entonces lo vieron.

La agonía encapsulada. La claustrofobia impresa. Una historia entera, escrita con carbón y piedra, en papeles y paredes. Una mesa, un altar, un sacrificio. Vieron el esqueleto de un hombre sobre un cuaderno ajado y una historia entre sus pliegos: "CLAUSTROFOBIA. Entre pasillos estrechos...". Era la crónica de una familia: June, Hank y dos niños llamados Sky y Ralph. Un escritor. Un legado.

A sus pies, dos restos más pequeños, de perros leales. En sus collares oxidados, unas placas: "Sky" y "Ralph".

RÉQUIEM

Del cielo no viene la destrucción.
Ya estamos rotos.

Lissa despertó al suave silbido de su cama hiperbárica. Un nuevo ciclo. Se incorporó, sintiendo el tirón familiar en la rodilla izquierda, y se asomó a la ventana panorámica.

Abajo, el tráfico de drones era un río de hélices agitadas bajo el cielo de la neutra cúpula. Se dirigió a la cocina, donde la esperaba el café recién disparado por su SmartCoffee.

Mientras daba el primer sorbo, las noticias saltaron a la vista. Su gato, un persa de pelaje impecable, se restregó contra sus piernas, no buscando comida sino el calor de un contacto, una caricia.

Escogió su sillón favorito y se dejó caer. Desplegó la interfaz holográfica, buscando algo con qué nutrir su alma, su pasatiempo de siempre. Sus dedos danzaron en el aire, navegando por los infinitos catálogos de contenido. Un título llamó su atención por su extraña y resonante simpleza: "Historias de Ayer, Hoy y Mañana".

Intrigada, pero con un gesto perezoso, seleccionó el material. La sala se oscureció y las primeras imágenes del documental comenzaron a correr en el aire, conduciéndola a un mundo que yacía bajo el suyo.

Una toma aérea de las cumbres andinas ocupaba el primer plano. El cielo morado pintaba las cimas y los valles, que abajo se ocultaban tras una neblina espesa. La voz de un narrador, profunda y solemne, taladraba la escena.

Narrador: Dicen que el tiempo todo lo borra. Pero las piedras también hablan, se niegan a morir. Un siglo había pasado desde que el Lobo cayera del cielo y los mares hirvieran. El mundo era un eco congelado, una tumba de hormigón ahogada bajo las cenizas de su propia vanagloria.

La imagen descendía, enfocándose en una ciudadela inca anclada en las terrazas. Era un asentamiento lleno de vida, un hervidero de seres resilientes.

Narrador: La humanidad, o lo que quedaba de ella, no sobrevivió en los búnkeres ni en las fortalezas del viejo mundo. Se salvó con sus primitivas armas. Encontró refugio en las altas piedras de sus ancestros, una arquitectura paciente y respetuosa que se erigía armónicamente en la cresta de una montaña. Aquí, sobre las ruinas más antiguas, se comenzó a levantar el nuevo mundo.

La escena cambió. Un grupo de exploradores descendía con cuerdas por un acantilado hacia los valles.

Narrador: Y por eso bajaban. Hurgaban entre las cenizas, buscando respuestas sobre los despojos de su propia civilización... sin sospechar que encontrarían los restos desmembrados de un Lobo feroz, Thanatos Prime. Una criatura interplanetaria que había invadido la Tierra, bañándola con su propia sangre. Un bautizo fatal. Un nuevo amanecer.

La escena se cerró con los exploradores en el fondo de un cañón.

Narrador: Así fue develado ante el ojo humano. No como un destello, sino como una respiración de luz. Una fluorescencia tímida que latía desde una profunda grieta en la pared del cañón.

Apagaron las linternas. La luz emergía con un suave compás, una respiración de color verde espectral.

Narrador: Se acercaron, conteniendo el aliento. El aire a su alrededor se sentía cálido, cargado de una energía que erizaba la piel. Era algo orgánico, una mucosidad alienígena.

Un primer plano mostraba la fuente de la luz: de la fisura en la roca manaba una sustancia espesa y translúcida.

Narrador: Era la sangre del Lobo. La herida abierta de Thanatos Prime, coagulada en el tiempo.

Otro explorador extendió una herramienta de metal. Antes del contacto, el foco muerto de la pieza parpadeó con una potencia insólita.

Todos se miraban entre sí, iluminados por el resplandor verdoso.

Narrador: Y entonces lo supieron. No era muerte. Era poder. No una herida, sino una fuente. No una huella, el pie mismo para un nuevo paso.

La luz del apartamento de Lissa subió suavemente. En ese instante, Frank, su gato, maulló con una insistencia que no era por cariño, sino por hambre. Lissa se levantó y se acercó al dispensador automático del felino; una pequeña luz roja parpadeaba indicando que el depósito estaba vacío.

—Ya voy, ya voy... —murmuró ella.

Recargó el dispensador con el último cartucho de concentrado. Al sonido se unió el crujir de su estómago. Se acercó a la impresora 3D de alimentos y seleccionó "manzana". Una fruta más pequeña y pálida de lo habitual se desplegó en la bandeja, junto a un aviso: "Nivel de consumibles crítico". Con un par de gestos, ordenó una carga completa para el día siguiente. Dio un mordisco a su pequeña manzana y regresó al sillón.

La imagen holográfica cobró vida nuevamente, pero esta vez deslizó su dedo por el *timeline*. Las imágenes se aceleraron: el asentamiento crecía, surgían nuevas construcciones. Detuvo la reproducción en un punto más avanzado.

La escena ahora mostraba una ciudad de rascacielos surcada por vehículos voladores.

Narrador: Y con la sangre del Lobo, la humanidad

resucitó. "Rumipa Yawar", como lo habían bautizado en los orígenes, evolucionó con el tiempo y pasó a conocerse como "Krillithium", en honor al profeta del viejo mundo que había visto venir el fin, el Dr. Krill. Fue un renacimiento febril. Los satélites que habían sobrevivido fueron reconectados, desatando un torrente de información. Con la fuerza inagotable del Krillithium, se empinaron los rascacielos, autos-drones... e incluso se atrevieron a regresar a la herida del mundo para extraer más poder. El Krillithium reconstruyó el acero y la dignidad del hombre, aplastada por el monstruo de piedra.

La imagen de un sumergible en el foso del Atlántico se disolvió y apareció una nave espacial llegando a Júpiter.

Narrador: Nuestra nueva superioridad nos empujó de nuevo hacia las estrellas. Y fuimos a Ganímedes. La convertimos en la huerta del nuevo mundo, pero no encontramos la casa vacía. Allí tuvimos nuestro primer contacto: la enigmática civilización de Osiris, una presencia que latía en los sueños de los primeros colonos, una conciencia ancestral que parecía estar esperándonos.

La imagen de Ganímedes se esfumó en la negrura del cosmos y comenzó a sonar un réquiem clásico. La pantalla mostró al meteorito, Thanatos Prime, en cámara lenta, arribando a la Tierra. La voz del narrador adquirió un acento jadeante, trágico.

Narrador: Y mientras la nueva humanidad despertaba, era necesario recordar el precio. Recordar aquel último instante para un mundo agotado, marchito. El mundo de esos reyes que una vez gobernaron, destronado. La Tierra como bruja en su hoguera. Condenada, rostizada, castigada. Sucumbió el hombre. Su ira, su egoísmo, sus muros. "Adelantaron" el trágico momento. Piedra contra piedra en una atracción maldita. No quedaría nadie para contar sus penas, ya no habría traumas ni testigos. Ni marido maldiciente, ni hijo llorando, ni bancos, ni jefes, ni extranjeros. Todos los hombres perdían su Casa Común, tan llena de basura humana de la que ya nadie tomaría lecturas. Se apagó la voz, las palabras se fosilizaron, como armas oxidadas, rotas.

Y el aullido del Lobo, aquel que el viejo Dr. Krill había escuchado en la estática de su soledad, finalmente llegó veinte años después, como lo había predicho, como un trueno que quebró el mundo.

Un destello blanco inundó la pantalla tras el impacto. Un acople ensordecedor. Un grito violento de algo vivo expirando hacia el vacío. Silencio absoluto.

Luego, aparecieron tres líneas de texto.

Llegó El Fin.

¿Qué sucedió después? Ya lo sabemos...

POSFACIO

Mi esposa tiene la orden de despertarme. No por un horario: me ve reír dormido.

Sucede que sueño. Todas las noches. Desde niño. Y muchas veces despierto con historias completas en la cabeza, además de una canción.

Algunas de estas historias son tan definidas, tan coherentes, tan intensas, que tengo que levantarme como poseído y escribirlas antes de que se desvanezcan.

Por eso le dije:

—Si me escuchas reír dormido, despiértame. Esa historia es buena, y debe contarse.

Así han nacido varios de los cuentos de este libro. Otros surgieron en la ducha, o en la taza del baño. Sí, lo confieso.

Y muchos más se fraguaron con una taza de café en la mano —otra pasión inagotable. Soy un bebedor empedernido del buen café, en todas sus formas: expreso cubano, café de olla mexicano o el *black coffee* americano... Por eso, no extraña que el café, como ritual o como símbolo, se cuele en mis páginas como un personaje más.

Omítelo, si quieres, o cámbialo por un té o un "agua ligera". No habrá juicios, lo importante es que brindes conmigo.

Lo que has leído aquí no es solo ficción. Algunos, además de los sueños, son recuerdos disfrazados. Muchos están basados en hechos muy reales, con nombres cambiados, situaciones movidas, intenciones intactas.

Hay crítica en estas páginas, y no está escondida. No hace falta explicarla ni señalar a quiénes va dirigida.

Quien conozca mi historia, mis raíces, los caminos de mis tres países —Cuba, México y Estados Unidos — verá con claridad cuáles son los muros y por qué deben derrumbarse, qué ecos resuenan, qué personajes actúan bajo otras máscaras.

Dividí este libro en tres secciones: **Ayer, Hoy y Mañana**. No como un capricho, sino como un mapa de mi alma. Un eco triple de mis búsquedas, mis pérdidas, mis certezas y mis dudas.

Si algo une a estas historias es la cuerda. La cuerda simbólica que lanza un personaje al interior de una cárcel. Donde se castiga a la verdad. La cuerda invisible que tira del lector con cada página en un *morse* tan interesante que podría tener muchas traducciones posibles. Ambos, tú y yo, en cada extremo. Desconocidos, pero conectados por una cuerda. La cuerda entre el que escribe dormido y el que lee despierto.

No descarto volver a cazar sueños. Tal vez llegue una segunda colección. Quizá una obra completa para cada sección. O para cada país. Los relatos ya están rondando. Los escucho en la almohada y en los otros espacios ya confesados. Y yo, que siempre tengo dónde anotar, me preparo a recibirlos.

Gracias por leer. Gracias por estar del otro lado de la cuerda. Y hacerla bailar.

AGRADECIMIENTOS

Agradezco primeramente a Dios, por el don de la vida y por el privilegio de haberla vivido en tres países tan llenos de historia y cultura, que han sido el lienzo sobre el cual se han pintado muchas de estas páginas.

Mi gratitud infinita a mi familia, que ha sido el cimiento de todo. Ustedes han sido mis primeros lectores, mis editores más honestos y mis correctores más pacientes. Gran parte de mis inspiraciones nacen de nuestras experiencias compartidas.

A mis amigos, en tantas partes del mundo, esos compañeros de camino que, con verdadera caridad, me dicen cómo se ve mi espalda y me ayudan a entender las huellas que dejo. Gracias por la crítica que construye y por el apoyo que sostiene.

Y finalmente, a ti, lector. Quizás eres un familiar, un amigo, un conocido cercano o un completo extraño que ha decidido introducirse en estas historias. Sea cual sea tu rostro, te doy las gracias por la confianza, por el tiempo y por apoyar este trabajo. Espero que en este viaje encuentres algo que resuene contigo.

ACERCA DEL AUTOR

Rey Maya

 Poeta, novelista y narrador cuya vida parece marcada por ciclos precisos. Vivió sus primeros veintiún años en Cuba; allí, su vocación literaria despertó con el reconocimiento de sus primeros poemas y cuentos. Le siguieron otros veintiún años ininterrumpidos en México, una etapa de formación y efervescencia en la que se tituló como licenciado en Ciencias de la Educación y realizó estudios de Filosofía y Teología.

Actualmente reside en los Estados Unidos, compaginando su labor literaria con la creación de contenidos digitales.

Es autor de la novela "Calambio" y "El Legado de los Monstruos", su primera colección de cuentos publicada. Actualmente se encuentra trabajando en sus próximos proyectos literarios.